모퉁이 책 읽기
여자들의 책 읽기 책 속의 여자 읽기

1판 1쇄 2016년 9월 30일 **지은이** 안미선 **펴낸곳** 이매진 **펴낸이** 정철수 **등록** 2003년 5월 14일 제313-2003-0183호 **주소** 서울시 은평구 진관3로 15-45, 1019동 101호 **전화** 02-3141-1917 **팩스** 02-3141-0917 **이메일** imaginepub@naver.com **블로그** blog.naver.com/imaginepub **ISBN** 979-11-5531-076-2 (03810)

- 이매진이 저작권자하고 독점 계약을 맺어 낸 책입니다. 무단 전재와 복제를 하지 마세요.
- 환경을 생각해 재생 종이에 콩기름 잉크로 찍었습니다. 표지 종이는 앙코르지 190그램이고, 본문 종이는 그린라이트 80그램입니다.
- 값은 뒤표지에 있습니다.
- 이 도서의 국립중앙도서관 출판시 도서목록(CIP)은 서지정보 유통지원 시스템 홈페이지(http://seoji.nl.go.kr)와 국가자료 공동목록 시스템(http://www.nl.go.kr/kolisnet)에서 이용하실 수 있습니다.(CIP제어번호: CIP2016022524)

—

일러두기

- 한글 전용을 원칙으로 했고, 독자의 이해를 도우려 인명, 지명, 단체명, 정기 간행물 등 익숙하지 않은 이름은 처음 나올 때 원어를 함께 썼습니다. 주요 개념이나 한글만으로는 뜻을 짐작하기 힘든 용어도 한자나 원어를 함께 썼습니다.
- 단행본, 정기 간행물, 신문에는 겹화살괄호(《 》)를, 논문, 영화, 방송 프로그램, 연극, 노래, 그림, 오페라 등에는 홑화살괄호(〈 〉)를 썼습니다.

모퉁이책읽기

여자들의책읽기 책속의여자읽기 ── 안미선 지음

이매진

내 모퉁이에서 만난 책,
당신의 모퉁이에서 만날 책

어느 날, 뜻밖에 모퉁이를 만났다. 시간은 흘러가는데 뭘 할지 막막했다. 살아내려면 뭔가 해야 했는데 내 앞에는 책 한 권이 있었다. 허방을 짚고 주저앉았으니 뭘 더 해야 할지 알 수 없었지만, 책은 읽을 수 있었다. 내민 손을 잡듯 나는 책을 파고들었다. 혼자라고 느낄 때 내 앞에서 유일하게 마주보는 친구가 책이었다. 이제 더 물러날 수도, 스스로 속일 수도 없을 때, 그만 책의 세계에 빠져들었다.

책이 나를 견뎌줬다. 내가 지난 시간을 고백하고, 앞날을 묻고, 가슴을 치며 답답해하고, 비죽비죽 울고, 앙칼지게 쏘아붙이고, 무릎 꿇고 경탄하는 시간을 묵묵히 허락해줬다. 아무에게 할 수 없는 말을 책에 했고, 책이 나를 만나줘서 그 시간을 견딜 수 있었다.

뒤죽박죽된 삶에는 없는 정연함과 의지가 책에는 있었다. 책은 얼마나 한결같이 더 나은 세상을 꿈꾸는가. 나는 혼잣말했다. 살아라, 믿어라 하는구나, 책은. 나아가라, 떠나라 하면서 한사코 재촉하는구나, 책은. 지나온 길을 등지고 책 앞에 섰는데 책은 벌써 새로운 지도를 만들 궁리를 했다. 길이 끊어질 수야 있지만 사라지는 법은 없다고 책이 장담했다. 책장을 한 장 한 장 넘기며 가슴속 말을 쏟아내고 책이 일러주는 말을 배운 다음에, 나는 책이 내게서 떠나는 모습을 봤다. 어느새 세상 풍경이 다가오고 책이 밤새 나 몰래 놓아준 징검다리를 봤다. 막다른 곳에도 길이 있고, 내가 조금은 다른 사람이 된 때에야 다른 길을 볼 수 있다는 사실도 알게 됐다. 땅이 품고 있는 무수한 길들을 긍정하게 됐을 때, 지난 내 길도 다음에 갈 길에 이어져 있다는 것을 비로소 받아들일 수 있었다.

나는 한국 사회에서 여자로 길러지며 살았고, 여자들이 겪게 되는 일들을 겪었다. 경험이 모두 내 탓이고, 나 혼자만 겪는 일이라고 생각하면 자기를 미워하는 길밖에 없을 것이다. 그렇지만 책을 읽으며 다행히, 우리 사회에서 여성들이 놓인 위치와 여성들의 내밀한 이야기들과 역사를 돌아볼 수 있었다. 또한 나하고 다른 사람들이 살아가는 이야기와 억압과 배제의 현실도 이해할 수 있었다.

모퉁이의 함정은 고립이고, 모퉁이가 줄 수 있는 축복은 연결이다. 나하고 닮은 모퉁이는 얼마든지 있었고, 어떤 사람의 모퉁이는 닮아 있었다. 사람들의 기쁨과 슬픔, 가난과 비참, 희망은 한 모습이었다. 사람들은 가까스로 용기를 내어 말하고 세상에 없던 길들을 만들어가고 있었다. 길을 내며 가는 사람들은 언제든 있었다. 책은 결국 사람들이 남긴 발자국이고, 그 소리는 우리가 지금 걷는 발자국 소리에 겹쳐 들린다.

여성주의 저널 《일다》와 한국여성민우회 블로그에 몇 년 동안 연재한 글들을 모았다. 여성주의로 만나는 세상에 관심 있는 많은 분들이 지지하고 응원해주셨다. 그분들을 향한 믿음이 있어서 용기

내어 글을 쓸 수 있었다. 지금도 한국 사회에서 여성들의 목소리를 키워가는 분들께 감사한다. 공감하고 책을 펴내준 이매진에도 감사 드린다. 무엇보다, 이 책을 만난 독자들이 자기 삶의 모퉁이에서 잠시 발을 쉬며 또 하나의 길을 그려보는 시간을 가지면 좋겠다. 결국 우리가 살아낸 시간이 우리의 책이 된다고 믿는다.

1부 모퉁이에서 날갯짓하다

갇힌 말들의
환한 여행

줄리아 카메론

《아티스트 웨이》

경당

2012

살다 보면 말할 데가 없을 때가 있다. 말을 하기 어려운 이유는 많다. 들을 사람이 없는데, 자기는 고통밖에 가진 게 없다면 들을 사람이 더 줄어든다. 말할 수 있는 자리를 얻고, 타인에게 들어줄 시간을 청하는 일은 쉽지 않다. 가진 게 없고, 상처받고, 고립된 사람은 자기가 겪은 일을 언어로 바꿀 방법도 모르지만, 필사의 노력을 기울여 말해도 들어줄 사람이 없고 듣게 된 사람은 손쉽게 자기를 비난한다는 사실을 깨닫게 된다.

자기 상처가 약점이 되고 다른 사람들이 자기를 멀리하는 이유가 된다는 걸 알게 되면, 기를 쓰고 가진 척하거나 아프지 않은 체한다. 가진 척하면 또 그 곁에서 아픈 사람이 생기고, 아프지 않은 척하면 그 곁에서 더 말 못하게 되는 이가 생긴다. 그리고 어쩌면 증오가 싹튼다. 차별하는 법을 배우게 되고 차별을 하고 싶어진다. 사람을 정말 미워하게 된다. 미워하게 되면 세상은 온통 이해관계만 난무하는 곳으로 보인다. 그게 세상살이의 지혜로 보인다.

친구는 이혼한 뒤에 말할 데가 없었다 한다. 서울 거리에서 행인들을 쳐다보며 아무나 붙잡아 이야기하고 싶어했다. 말을 정말 하고 싶은데 들어줄 사람이 없었다. 사별한 친척이 전화해서 조언했단다. "아무도 네 말을 듣지 않을 거야. 사람들은 너무 바빠서 다른 사람 말에 신경쓰지 않고 들을 시간을 내주지도 않아. 그러니까 너는 이제 기도를 해. 하느님한테 말해. 네가 살려면 하느님을 붙들어. 그분만 네 말을 들어주실 거야."

한 성폭력 생존자는 어떻게 그런 상황에서 견뎌낼 수 있었느냐는 청중의 질문에 기도 덕분이라고 대답했다. "내게 일어난 일을 모두 신에게 말했고, 구해달라고 했습니다. 계속 언어로 말을 할 수 있어서, 들어주는 신이 있어서 정신을 잃지 않을 수 있었습니다."

가정 폭력 피해자 모임에서 한 상담가는 딱하다는 눈빛으로 뜬금없이 질문을 했다. "종교가 있어요?" 내담자가 없다고 하니 이렇게 말한다. "불행한 결혼 생활을 종교의 힘으로 견디기도 하죠. 믿는 신이 있다면 좋을 텐데……." 안다. 그 말은 틀렸다. 그러나 그날 피해자들은 자기 경험보다 상담가의 권위 있는 조언을 믿고 싶어했다.

자기 언어를 믿는 일은 어렵다. 자기 언어를 믿고, 자기를 지키고, 세상에 아름다운 게 있다는 사실을 믿으려면, 자기 말을 자기는 있는 그대로 들어줘야 한다. 모든 청중이 사라진 때 자기 말을 배반하지 않고 들어줄 이는 자기 자신이다. 그 말들이 자기 안의 독毒을 비우고 가슴 밑바닥 눈물 같은 흔적에서 맑은 무엇을 뜻밖에 길어 올려줄 수 있다. 원념이 무엇이고 욕망이 무엇인지, 무엇을 두려워하고 미워하는지, 마침내 무엇을 바라는지 가리켜준다. 말이, 말들의 무덤이, 말들의 싹들이, 말들의 뿌리가 알려주는 '나'는 의외의 나다. 그 '나'

는 한사코 빛을 향해 몸을 트는 식물 같은 존재기도 하다.

내가 분리된 내가 아니라는 느낌이 들면 내 말은 다시 세상에 연결된다. 죽어도 죽지 않는 게 세상에 있으며 삶은 보이지 않는 세상 밖에서도 이어진다고 여기게 된다. 서로 믿지 않고 사는 듯 보이는 이 세계에서도 우리는 서로 믿고 협력하고 의지하며 살고 있다. 비인간적인 것들은 언제나 지극히 인간적인 것들이 지닌 힘에 기대어 유지돼왔다. 비인간적인 것들에 맞서 싸우는 일과 우리가 지닌 인간적 힘을 깨닫는 일은 또 다른 문제일 테다.

세상은 이해관계로 점철된 곳으로 여겨지지만, 시간이 좀더 지나면 좋은 것, 나쁜 것, 숭고한 것이 이 세계에 함께 있다는 사실을 알게 된다. 나쁘기만 한 것도 없고 좋기만 한 것도 없다. 현실 그대로 받아들이기만 하거나 이상만을 좇을 수 있는 삶은 없다. 어떤 길로 갈지는 자기 선택에 달려 있다는 사실을 알게 된다.

살다 보면 혼자 힘으로 버틸 수 없는 순간이 온다. 할 수 있는 일이 아무것도 없을 때가 있다. 그때 다른 사람의 손길, 시선, 한 권의 책, 자기 말이 우리를 살린다. 삶에서 모퉁이를 맞닥뜨리면, 어떤 것이든 자기를 다시 세상에 연결하지 않거나 의미 있는 것으로 여기지 않고 살아갈 힘을 얻을 수는 없다. 내가 알고 있는 내가 전부가 아니며, 내 말이 나오는 심연과 다른 이의 심연은 맞닿아 있다. 그렇게 내 말이 갇힌 감옥에서 나올 때, 다른 이의 말과 빛이 들어와 숨을 쉰다.

《아티스트 웨이》는 자기 말을 찾는 데 참고가 될 책이다. 아침에 일어나 의식의 흐름에 따라 자유롭게 쓰는 모닝페이지와 자기의 창조성을 일깨우려고 스스로 선물하는 아티스트 데이트를 꾸준히 하라는 내용이 핵심이다. 나는 자기를 어떤 식으로든 격려하라는 뜻으로 받아들였다. 아무도 해주지 못하는 격려를 스스로 할 필요가, 모든 여성에게는 있다.

《아티스트 웨이》의 모닝페이지는 기업이나 개인에게 지침을 주는 비슷한 실용서들로 이어졌지만, 어떤 책이 지니는 의미는 행간을 채워가는 알려지지 않은 독자들에게서 비롯한다. 책의 의미는 독자의 정서, 욕망, 몰두로 완성된다. 나는 몇 년 동안 아침마다 눈을 뜨면 떠오르는 대로 글을 썼고, 엉클어진 문장들 사이로 알몸뚱이로 뒹구는 분노와 슬픔과 희망을 봤다.

김수영의 시 〈긍지의 날〉에 나오는 말처럼, 피로도 긍지도 내가 만들면서 내 몸은 한 치를 더 자라는 꽃이 된다. '모든 설움이 합쳐지고 모든 것이 설움으로 돌아가는 긍지의 날'에 안간힘을 써 한 치 더 자라게 된다. 오던 길 사라지고 갈 길이 보이지 않는 낯선 모퉁이 앞에서 비로소 우리는 자기 말을 믿을 수밖에 없게 된다.

"사람은 사랑할 사람 없이도 살 수 있나요?"

에밀 아자르

《자기 앞의 생》

문학동네

2003

에밀 아자르의 《자기 앞의 생》은 회사에서 만난 한 아르바이트생 언니 덕에 알게 됐다. 평범한 일상을 뒤흔들 즐거운 일이 없을까 궁리하던 우리는 점심시간 때 우리끼리 벼룩시장을 열기로 했다. 각자 자기 책을 가져와 거기에 얽힌 사연을 설명하고 마음에 드는 책은 맞바꾸기로 했다. 언니가 가져온 책이 《자기 앞의 생》이었다.

"이 책은 내게 정말 소중한 책이야. 사람들에게 늘 이 책을 선물했고, 늘 이 책이랑 함께 살고 있어."

그 책은 내가 건네받았다. 선뜻 손이 가지 않은 이유는 고만고만한 내용일 듯하다는 편견 때문이었을까? 아니면 언니가 지닌 상처를 전해받을 듯하다는 부담감 때문이었을까? 이 책을 볼 때면 늘 그 언니가 떠오른다.

에밀 아자르의 본명은 로맹 가리다. 에밀 아자르라는 가명으로 공쿠르 상을 유례없이 두 번 받았다. 로맹 가리는 자기가 에밀 아자르라는 사실을 죽을 때까지 숨겼다. 61세 때 이 작품을 썼다. 모스크바에서 태어난 뒤 이혼한 엄마를 따라 프랑스에 온 유대인이었다. 그러니까 이주 노동자의 자식이자 가난한 한부모의 아들이었다. 나는 그런 점을 유심히 보는 편이다. 위대한 작가가 된 다음에는 그런 정체성이 쉬 잊히기 마련이지만, 《토지》를 쓴 박경리가 전쟁미망인이라거나 박완서가 끝없는 가사노동의 불행감에서 벗어나고 싶어 글을 쓴다고 할 때 나는 그 사람들이 여성이고 사회의 모순을 느끼는 자리에 있던 경험이 소설에 어떻게든 반영됐다고 생각한다.

로맹 가리의 어머니는 하숙집 관리인이었다. 작은 다락방에 살면서도 아들을 프랑스인으로 키우고 싶어했다. 뿌리를 잊어야 행복해질 수 있다고 누누이 일렀다. 로맹 가리는 2차 대전에 참전해 레지옹 도뇌르 훈장을 받고 외교관이 돼 세계를 누비면서도 자기 뿌리를 잊지 않았다. 그래서 작가로 이름이 알려진 뒤 늘그막에 자기가 정말 쓰고 싶은 글을 쓰려고 에밀 아자르라는 필명으로 《자기 앞의 생》을 발표했다.

아랍인인 모하메드는 유대인 로자 아줌마하고 산다. 게슈타포에게 쫓긴 적 있는 로자 아줌마는 먹고살려고 성매매를 했다. 지금은 오갈 데 없는 아이들을 돈을 받고 키워준다. 아줌마가 자기를 사랑하기 때문이 아니라 돈을 받기 때문에 키워준다는 사실이 모하메드가 세상에서 처음으로 느낀 슬픔이었다. 모하메드는 이 세상에서 오직 로자 아줌마에게만 애착을 느끼고 사랑을 준다. 사람들의 관심을 받고 싶어 달걀을 훔치고 무단 횡단을 한다. 버려진 아이, 이 세상에 아무 연고 없는 아이라는 아픔 때문에 눈길을 끌려고 아무데나 똥을 싸고, 로자 아줌마는 그 똥을 치우며 절망해서 소리 지른다.

모하메드의 하나뿐인 친구는 하밀 할아버지다. 눈이 먼 할아버지는 빅토르 위고의 소설책을 들고 있다. "나도 앞으로 불쌍한 사람들 이야기를 쓸 거예요." 모하메드가 말했다.

할아버지의 유일한 삶의 끈은 한때 사랑한 사람을 기억하는 일이다. 모하메드가 할아버지에게 물었다. "사람은 사랑 없이도 살 수 있나요?" 그러자 할아버지는 부끄러운 듯 고백한다. "사실 그렇단다." 그 말을 듣고 모하메드는 울음을 터뜨린다.

시간이 지나 로자 아줌마는 아팠다. 아이들을 더 돌볼 수 없었다. 모하메드는 그런 로자 아줌마를 지키려고 곁에 남았다. 아버지라는 사람이 찾아왔지만 로자 아줌마와 모하메드는 서로 잃지 않으려고 그 사람을 내쫓았다. 아버지가 죽었지만 모하메드는 아무 감정을 느끼지 못한다.

로자 아줌마는 지하실에 비밀 공간이 있었다. 평생을 게슈타포에게 쫓기는 마음으로 산 아줌마는 그곳에 있을 때만 안전하다고 느꼈다.

아줌마가 병들고 정신을 잃어갈 때 모하메드는 암은 아닐 거라고 위로한다. 모하메드는 이야기를 하고 싶다. 다른 사람들이 이해하지 못할 말, 논리도 안 맞고 뒤죽박죽이지만 진실인 말, 남들에게는 하찮게 취급될 아픈 말. "세상에는 관심을 끌지 못하는 사람이 너무 많다. 바캉스 장소를 산과 바다 중에서 선택하듯이 사람들도 그렇게 선택당하기 때문이다. 세상은 관심을 끌지 못하는 그 많은 사람 중에서 가장 마음에 드는 사람을 선택한다."

모하메드는 로자 아줌마를 병원이나 기관에 뺏기지 않으려고 아줌마가 곧 이스라엘로 돌아간다는 거짓말을 한다. 그리고 지하실로 내려온다. 캄캄한 지하실에서 아줌마는 죽어가고 모하메드는 홀로 그 옆을 지킨다. 다시 모하메드는 하밀 할아버지에게 묻는다. "사람은 사랑할 사람 없이도 살 수 있나요?"

모하메드는 아줌마에게 루주를 발라주고 눈썹을 그려준다. 촛불이 꺼지면 불도 붙여준다. 히틀러 사진도 보여주고 얼굴에 뽀뽀도 해준다. 아무 소용이 없었다. 향수 여러 병을 아줌마 몸에 부어준다. 울긋불긋한 얼굴에 다시 화장을 해준다. 그렇게 시체 옆에서 3주를 보냈고, 사람들이 고약한 냄새의 근원지를 찾아 지하실 문을 부수고 들어왔다.

이제 모하메드에게는 애착을 가진 낡은 우산 하나만 남았다. "감정을 쏟을 가치가 있다는 이유만으로 우산을 좋아할 사람은 아무도 없을 테고, 그래서 내가 몹시 걱정한 우산이었다." 그 우산을 안고 모하메드는 마지막에 이렇게 말한다. "사랑해야 한다."

《자기 앞의 생》은 세상에 탯줄을 잇는 사랑에 관한 책이다. 상실을 기록한 책이고, 자기 앞의 생을 관심 없이 견뎌야 한 쓰라린 사람들의 이야기다.

책을 건네받은 뒤, 나는 언니 이야기를 들었다. 언니는 엄마에게 맞고 자랐다. 왜 맞는지도 모르고 날마다 맞았다. 아침부터 맞기 시작해 쓰러져 눈을 떠보니 저녁인 때도 있었다. 못생기고 쓸모없는 아이라는 욕설도 들었다. 맞기 전 조마조마한 때보다 맞을 때가 오히려 마음이 편했다고 했다. 언제 맞을지 모르는 불안감이 더 견디기 어렵다고 했다. 어른이 된 지금, 엄마에게 왜 나를 때렸는지 묻고 싶다고 했다. 사과를 받고 싶었단다. 가난해서 일해야 하고 남편의 사랑도 받지 못한 엄마는 생활의 고됨과 분노를 첫아이인 언니에게 풀었다.

언니는 눈에 띄지 않으려고 늘 책으로 얼굴을 가리고 있었다. 자기는 끔찍한 아이고 사랑받을 가치가 없는 아이라고 생각하며 자랐다고 했다. 어른이 된 뒤에도 누군가 자기에게 화를 내고 두리번거리면 '매를 찾는구나' 싶어서 반사적으로 팔목을 엇갈려 얼굴부터 가린다고 했다.

언니는 이런 얘기를 술 한잔 하며 밤 새워 들려줬다. 남에게 처음 하는 이야기라고 했다. 엄마한테 그 이야기를 할 수 있을지, 기억 못 한다는 엄마에게, 어릴 적 일 갖고 뭘 예민하게 구느냐는 엄마에게 '미안하다'는 한마디를 들을 수 있을지 모르겠다 말하면서 울었다.

벨 훅스가 쓴 《행복한 페미니즘》에서 다음 구절을 읽을 때도 언니 생각이 났다. "집안에서의 가부장제적 폭력이란, 더 힘센 개인은 다양한 형태의 강제력을 동원해 힘이 약한 자를 지배해도 무방하다는 신념에 기반한다. …… 지배자들은 남성·여성 관계이건 부모·자식 관계이건 간에 기존 위계 구조가 위협받을 때에는 언제라도 물리적인 것이든 심리적인 것이든 폭력적 처벌이 가해질 것이라는 협박을 가지고 지배력을 유지한다."

책을 물끄러미 쳐다본다. 어떤 점이 언니를 울게 했을까? 또는 웃게 했을까? 버려진 사람들, 목소리도 없고 사라져도 흔적 없는 사람들. 말하지 않았다고 세상에 없는 듯이 여겨지는 고통, 그속에서 우산이든 타인이든 그 무엇이든 생의 끈으로 삼아 다시 살아갈 수 있게 애착을 갖고 싶은 간절함 때문이 아니었을까? 세상에서 받지 못한 사랑이 어딘가에 반드시 있으리라는 환상을 버리지 않고, 그 사랑의 힘이 자기 안에 있고 자기를 의미 있는 존재로 만드리라는 희망을 품게 돼 이 책을 끌어안은 게 아닐까?

　세상의 화려함을 누리던 서구의 한 작가도 끝내 떨치지 못한 이 주민의 궁핍과 불행의 기억이 있었다. 그러나 '사랑해야 한다'고 끊임없이 읊조렸듯 자기에게도 축복처럼 '사랑'이라는 주문을 걸고 싶지 않았을까? 삶이 아무리 풍요롭고 화려해도 고개 돌릴 수 없는 정직한 황폐함과 폭력은 있는 법이니까. 자기에게 진실하려는 의지 앞에서, 서로 다른 시간과 공간 속에 있던 작가와 독자는 그렇게 변방의 기억과 목소리들을 만나게 하고, 이 세상에 살아남을 수 있는 힘이 더불어 돼줬을 것이다.

나를 같이 공유할 친구가 있을까요?

이주여성인권포럼

《우리 모두 조금 낯선 사람들》

오월의 봄

2013

우리 동네 길모퉁이에는 작은 미용실이 하나 있다. 그 미용실에는 가위를 든 정란 씨가 사람을 반겨 부르는 소리가 들린다. 정란 씨는 파키스탄에서 온 이주 노동자와 결혼해 아이를 하나 뒀는데, 우리 아이하고 동갑내기다. 붙임성 좋은 정란 씨네 미용실은 다양한 손님들이 북적인다. 그날도 나는 미용실 앞을 지나다가 정란 씨가 소리쳐 인사하는 바람에 가게에 들어갔다.

"와서 외국 음식 먹어봐. 아가씨들이 만들어왔어."

긴 머리를 염색한 아가씨 둘이 소파에 앉아 있었다. 테이블에 놓인 큰 접시에는 마카로니와 삶은 돼지고기, 감자를 볶은 요리가 있었다. 아가씨들은 수줍게 고개를 끄덕여 인사했다.

"내가 전에 이 아가씨들한테 음식을 한번 해줬더니 아가씨들이 자기 나라 음식이라면서 들고 온 거야. 굿! 그러니까 어느 나라에서 왔지?"

정란 씨는 영어를 한두 마디 섞은 말과 몸짓으로 대화했다. 스마트폰 통역기를 써 자기가 한 말을 보여준다.

22
23

"사하 야크티아."

정란 씨가 핸드폰으로 검색하니 러시아와 시베리아 쪽에 있는 나라다. 빨간 사자를 그려 넣은 국기도 보인다. 아가씨들은 핸드폰에 저장한 사진들을 보여줬다. 흰 눈이 쌓인 들판, 두꺼운 외투를 입고 말을 타는 사냥꾼, 커다란 물고기를 끌어안은 어부, 푸른 하늘에 섬광 같은 햇빛이 번쩍이는 설원.

"열여덟, 열아홉 된 친구들이에요. 한국에 왜 왔는지, 무슨 일 하는지 그런 건 묻지 않았어요. 게스트하우스에 15000원, 2만 원씩 내고 살고요. 저번에 나한테 만 원 빌려달라고 왔더라고요. 만 원 갖고 뭘 하겠어요. 그런데도……이 음식 남은 것 하나도 버리면 안 돼요. 아가씨들이 힘들게 번 돈으로 재료를 산 거니까."

전화가 왔다. 미용실 위치를 묻는 전화였다. 한번 단골이 된 이들은 다른 데 안 가고 먼 곳에서도 찾아온단다. 그 사람들 중 많은 이들이 이주 노동자다. 유럽에서 살다 와 아직 한국살이에 서툰 여자 손님이 소문을 듣고 미용실을 찾아오겠단다.

미용실은 정란 씨의 일터고 집이었다. 텔레비전과 책꽂이가 있고 벽에는 아이 사진과 그림이 나란히 붙어 있다. 유치원에서 돌아온 아이는 이곳에서 엄마가 손님들 머리를 만질 동안 숙제를 하고 밥도 먹는다. 손님들은 아이 안부를 묻고 남편도 잘 지내는지 물었다. 정란 씨는 큰 소리로 말하며 웃기도 한다.

"어휴, 남자들 억지 쓰면서 소리치고 하는 거 있잖아요. 속 썩어요. 애도 요즘 아빠 닮아 그러데!"

테이블에는 속을 파먹은 수박 껍질이 있었는데, 바쁜 정란 씨 점심이었다. 그런데도 정란 씨는 이렇게 말한다.

"일하는 게 노는 거죠. 뭐, 저는 종일 놀아요!"

전화한 손님을 마중하러 정란 씨가 자전거를 타고 나가고, 남은 우리는 어색하게 모여 앉아 있었다. '천천히 식사하는 게 풍습인' 나라에서 온 아가씨들은 젓가락을 든 채 서로 속살대고, 구석에는 한 할머니가 앉아 있었다.

"나는 요 앞 빌라에 살아요. 정란 씨 가게 봐주러 가끔 오지. 내가 일이 있을 때 정란 씨가 내 일 봐주고 정란 씨가 일이 있으면 내가 봐주고. 정란 씨 혼자 가게 하니까 잠깐 화장실 가기도 힘들잖아. 정란 씨는 딸 같아. 그래서 내가 마음으로 돕고 하는 거지."

금세 돌아온 정란 씨가 고맙다고 할머니 뺨에 뽀뽀했다. 할머니가 웃으며 행복해한다. 곧바로 염색약을 개고 일을 시작했다. 새로 온 손님은 아직 우리말이 서툴다.

"오랜만이야, 정란 씨. 나 너무 뚱뚱해졌지?"

"어머, 언니! 예뻐요, 예뻐."

정란 씨 한마디에 손님 얼굴이 밝아졌다. 외국과 한국의 화폐 차이라든가 한국의 낯선 풍습 등에 관해 말을 늘어놓기 시작하자 정란 씨가 주저 없이 추임새를 넣어준다. 손님 목소리가 더 활기차고 빨라진다. 정란 씨는 그래서 스타가 됐다. 동네 어르신이 와서 집에 손톱깎이가 안 보인다고 하면 정란 씨는 일하다 말고 서랍에서 손톱깎이를 찾아드리고는 깎고 가라고 한다. 누군가가 집을 비우면서 야쿠르트 아줌마한테 돈을 전해 달라고 하면 흔쾌히 해주고, 네일 아트를 받고 싶어하는 외국인 손님이 있으면 매장에 전화해 가격을 물어봐주기도 한다. 동네 사람들은 그런 정란 씨에게 김치나 생활용품 같은 것들을 갖다준다. 일하느라 반찬 할 새가 없겠다면서 반찬도 해온다. 스스럼없이 맞아들인 정란 씨는 그 자리에서 김치를 찢어 입에 넣고 우물거리며 맛있다고 큰 소리로 인사한다. 정란 씨의 미용실은 작은 놀이터고, 이곳에서 낯선 손님들은 발언권을 골고루 가진다.

정란 씨는 누구에게나 친절하다. 말 통하지 않는 젊은 아가씨들도 자기 나라 음식을 싸와서 종일 죽치고 있고, 딸과 며느리도 잘 못만난다는 할머니도 이곳에서 하루를 보내고, 폐품 주워 파는 할아버지도 기분 좋은 대접을 받았다며 좋은 물건을 골라 답례로 주고, 살이 찌고 원형 탈모가 오고 갑갑해진 이주 여성들도 이야기하러 온다.

아침부터 문을 연 미용실은 밤 열 시가 넘도록 불이 꺼질 줄 모른다. 정란 씨는 그야말로 바지런히 일한다. 이따금 남편이 벌컥벌컥 화를 내고 속을 뒤집어놓는 일이 있어도 풀죽는 법이 없다. 즐거운 배우처럼 움직인다. 정란 씨의 걱실걱실한 호의가 결국 단골의 비위를 맞춰 살아남으려는 노력이라 해도, 그건 중요하지 않다. 이 가게 안에 들어서면 내가 다른 사람이 된 듯하니까. 웃음과 호의 덕에 내가 대접받을 자격이 있는 '사람'으로 여겨지니까. 나도 즐거워져서 이 가게에 뭔가 기꺼이 내놓고 싶은 기분이 드니까. 이곳은 서울 한복판에 있지만 시골 장터 같은 분위기가 돌아 낯선 사람도 조금씩 쓸쓸함을 털어버리게 된다. 그게 정란 씨가 부리는 마술이었다.

"우울할 때는 어떡해요?"

"나는 안 우울해요. 병원에 있거나 감옥에 갇힌 게 아닌데 왜 우울하겠어요? 병원에 있으면 몸이 아프니까 움직이고 싶어도 못 움직이고 감옥에 있으면 자유가 없으니까 마음대로 다니지 못하겠지만……. 난 우울하면 그냥 자요. 두 발로 움직여 나가면 되는데 가만히 있으면서 우울해 하는 건 아닌 것 같아요."

정란 씨는 내 머리칼을 조심스럽게 가위질하며 말한다.

"나는 가까운 사람은 없는 거 같아요. 우리 아이 말고는 공유되는 사람이 없어요. 다른 엄마들이랑 가까워지지도 않고, 공유되지도 않고, 나를 함께 공유할 수 있는 친구는 없죠."

정란 씨는 '공유'라는 말을 썼다. 머리 염색 중이라 뒤에 꼿꼿이 앉아 있던 손님이 얼른 한마디씩 거들었다.

"정란 씨, 우리도 늘 여기에 찾아오고 정란 씨랑 공유되는 사람들이잖아."

정란 씨가 웃었다. 맞다. 그렇지만 때로 공유되지 못하는 이야기들이 가슴 속에 있어 정란 씨는 더 큰 소리로 사람들을 불러모으는지도 모른다. 얼마 전 미용실 유리창에 붙여놓은 점포를 세놓는다는 쪽지를 보고 안을 들여다보니, 지난 풍경이 한꺼번에 떠올랐다.

《우리 모두 조금 낯선 사람들》은 우리 안에 있는 다양한 얼굴들을 마주하게 한다. 수업 시간에 태극기를 그리고 애국가를 부르며 단군의 단일 자손이라고 교육받은 우리에게 단일 민족의 의미가 무엇인지, 이주민의 권리는 어떤 건지, 그런 권리가 우리의 권리하고 어떻게 맞닿아 있으며, 서로 환대함으로써 어떻게 인간다움을 지킬 수 있는지 알려준다. 국민국가의 정체성이 출생지, 혈연, 언어를 기준으로 결정되고, 부계 혈족 단일 민족주의의 신화가 차별과 배제의 도구가 된 점을 비판한다. 한국인 또한 이주자들의 영향을 받아 편협한 국민

국가 정체성에서 벗어나야 한다고 지적한다. 오랫동안 우리 안의 타자로 존재한 이들의 삶을 드러내고, 그 목소리가 주는 다양한 울림이 지닌 의미를 되새긴다. 기지촌의 혼혈인, 트렌스젠더 이주 노동자, 귀환 이주 노동자, 소수자의 공론장, 이주 여성의 모성과 양육권, 미등록 이주민 정책 같은 내용을 다룬다. 한국이 환대하지 못했지만 이미 우리하고 함께하고 있으며, 서로 인정하고 관용을 가져 조금씩 변하고 경계를 섞고 넓혀야 할 삶들을 이야기한다.

책을 읽으며 지금은 사라진 미용실을 떠올린다. 정란 씨의 큰 웃음소리, 고향 음식을 수줍게 권하던 아가씨들, 영어를 못해도 손짓이나 발짓으로 다 통하던 말들, 싹둑싹둑 잘리고 염색되던 머리칼처럼 잠시나마 잊을 수 있던 시름, 서로 기적처럼 공유하던 순간을. 세상에 아직 공유되지 않아서, 더 공유할 수 없는 것들을 그리워하며 다양한 모습으로 존재할 수 있던 그곳의 시간을.

자기 삶이 다른 이의 삶하고 연결돼 어떤 식이든 소속감을 느끼고 공동체를 만들 수 있기를 누구나 바란다. 그래서 현실보다, 책보다, 결심보다 더 빨리 우리 곁을 스치며 존재하는 아름다운 순간이 있다. 골목 안 미용실은 그런 곳이었다. 모두 다른 우리는 그곳에서 한 번도 서보지 못한 무대에 선 기분을 느꼈으니까. 세상 사람들이 쳐주는 박수가 없어서 조금씩 그리운 우리는 서로 다른 언어로, 목소리로, 웃음으로 자기 자신이 되고, 박수를 쳤다. 그렇게 소리 없이 '공유'한 반짝이는 순간은 더 큰 '공유'를 꿈꾸며 하루하루 살아갈 힘이 됐다.

"더 건강한 모습으로
다시 만나요"

마르얀 사트라피

《바느질 수다》

휴머니스트

2011

생각보다 일찍 세상을 떠난 사람들이 있다. 함께할 젊은 날이 아직 많다고 여겨 안부도 잘 묻지 않고, 밥 한끼 제대로 먹지 않은 이들이 갑자기 세상을 떠났을 때, 낙관하던 시간을 후회하며 그 낙관이 근거 없다는 사실을 두렵게 깨닫기도 한다. 그 사람들이 떠오를 때면 속으로 물어본다. 그때, 떠나보내는 자리에서 실컷 울었다면 잊을 수 있었을까. 큰 소리로 울지 않아서 이렇게 오래오래 떠오르는 걸까.

　　그 사람들하고 함께한 사소한 풍경들을 기억한다. 뮤지컬 극작가인 대학 후배하고 한 마지막 통화 때 혜화동에서 만나자며 웃던 목소리와 그러마 해놓고 미처 가지 못한 일이라든가, 그이가 학생 시절 내 하숙방에 놀러와 아침을 먹을 때 미역국을 남겨 아까웠는지 냄비에 도로 부었다가 주인아줌마에게 잔소리를 듣고 무르춤해 하던 풍경이라든가, 써서 보여주던 시 한 편이라든가, 만나면 쓰고 있는 작품 이야기부터 으레 늘어놓던 달뜬 모습이라든가……. 그런 기억을, 나는 움켜쥔 치맛자락 속에 있는 사금파리 조각처럼 그러안고 있다.

아무도 기억하지 않는 사소한 일을 되새긴다. 그러면 서른을 갓 넘겨 건강이 무너져 죽어버린, 작가라는 이름을 얻자마자 떠난, '시키는 대로 일한 우리는 미친 바보들'이라는 글귀를 임종 전 트위터에 남긴 후배의 쓰디쓴 시간도 위무할 수 있을 듯했다. "가버렸어! 가버렸어!" 장례식장에서 목놓아 울던 후배의 어머니도, 내 손에 뺨을 비비며 눈물 떨구던 묵묵한 오열도, 영정 속의 웃는 얼굴도, 무력함도 모두 감침질하듯 눙칠 수 있을 듯했다.

추억의 사금파리 속에서 영롱하게 아른거리는 그이는 여전히 스무 살 적 모습이다. 가지를 뻗고 싱그러운 잎을 틔우는 나무처럼 당당하다. 나는 잠시 시간을 함께 보낸 인연만으로도 그 청춘을 여전히 지켜봐주고 싶다. 작가가 되기를 꿈꾼 후배는 작가가 되자마자 세상을 떠났다. 신문 기사에 짤막하게 나온 대로 창작자의 고된 현실을 질타하며 떠났다. 죽은 것인지 죽임을 당한 것인지 헷갈릴 때도 있다. 꿈이 있고 젊기 때문에 변변한 대가 없이 노동 환경도 보장받지 못한 채 '네가 원하는 일을 하잖아' 하는 소리를 들으며 안팎에서 마구 갈취당했다고 뒤늦게 항변하고 싶다. 후배의 꿈은 그런 대접을 받기에는 너무 소중했는데.

얼마 전 서점에서 후배의 유고 작품집을 보고 한참 서 있었다. 드디어 작가가 된 것인지, 이제 작가가 되기를 그친 것인지, 꿈을 이룬 것인지, 꿈이 꺾인 것인지 알 수 없었다. 반가웠고, 가슴 아팠다. 아마 후배도 숱한 밤을 새워, 어쩌면 목숨하고 맞바꿔 쓴 단 한 권의 작품집을 품에 안았다면 웃었을 테고 조금은 쓸쓸했을 것이다. 보고 있을까? '너는 그렇게 원하던, 작가가, 영원히 됐다'고 말해주고 싶다.

《바느질 수다》는 이란 여성들이 벌이는 한판 수다를 그린 만화책이다. 지은이 마르얀 사트라피는 애니메이션 〈페르세폴리스〉(2007)의 원작자이자 감독이기도 하다. 거실에 모인 여성들은 남성들 시선을 신경쓰지 않아도 되는 그 오롯한 자리에서 거침없이 속 애기를 한다. 남성들하고 섹스할 때 벌어진 흥미진진한 이야기, 이혼을 해주지 않는 남편을 죽게 해달라고 날마다 기도한 이야기, 공산주의자하고 한 불쾌한 연애, 유부남하고 한 사랑, '순결'을 입증해야 한다는 문화적 압박 속에 몰래 행한 수술과 술수, 거짓말과 풍자, 가부장적 사회에 적응해 살면서 생긴 은밀한 공감과 연대, 깔깔거림이 책에 담겨 있다.

남성들은 '늙은 할망구들'이라며 경멸하지만, 여자들은 이야기를 거리낌없이 털어놓으며 하나가 된다. 그속에는 살면서 숨겨야 하는 통찰력, 강인함, 유머, 지혜가 있다. 사트라피는 이런 이야기를 흑백으로 인상 깊게 기록하고 그렸다.

아파서 휴직한다는 직장 동료에게 뭔가 선물을 하고 싶어서 두리번거리다가 마침 책상에 있던 이 책을 건넸다. 책을 받고 그이는 활짝 웃었다. 그러고는 문을 열고 나가 계단을 내려갔다. 그 모습이 마지막이었다. '고마워요, 다음에 더 건강한 모습으로 다시 만나요.' 그이가 보낸 문자가 핸드폰에 남아 있었다.

떠나간 친구들은 내게 하나씩 질문을 남긴다. 자기는 정말 사라져버린 것인지, 이 세상은 네게 살 만한지, 세상은 여전한 모습인지. 엄밀히 말하면, 떠나고 싶어서 떠난 사람은 하나도 없었다. 젊은 나이에 세상을 등진 친구도, 꿈을 향해 질주하다 쓰러진 친구도, 가난에 힘겨워 하던 친구도 마지막까지 삶을 바랐을 것이다. 청춘이었을 것이다. 나중에 나는 '더 건강한 모습으로' 그 여성들을 만나고 싶다. 산산조각이 난 채로 여전히 내 가슴에서 그이들이 빛을 뿜으며 떠오르는 이유가 바로 이것이다.

만나면 다시 이야기하고 싶다. 못다 한 이야기들, 겉치레 인사 속에 묻혀 있던 속 얘기들, 세상에서 다 풀 수 없어 마지막까지 속으로 되뇌었을 이야기들, 진짜 속상한 일은 무엇이었고, 자기가 사랑한 사람은 어떤 사람이었고, 혼자만 아는 재미있는 일은 무엇이었으며, 꾹꾹 눌러쓴 비밀 일기의 한 대목은 어떤 내용이었고, 성이 차지 않아 짜증난 건 무엇이었고, 어떤 친구가 필요했고, 어떤 포옹을 꿈꾸었는지 신나게 거침없이 깔깔거리며 이야기하고 싶다.

얼마나 즐거워할까. 얼마나 눈빛을 반짝이며 활짝 웃을까. 둘러앉아 낮도 밤도 없이 이어지는 그런 수다가, 조각난 시간을 꿰매주고, 이것과 저것을 드르륵 박아주고, 할 수 있는 것과 할 수 없는 것 사이를 맞춰주고, 끊어진 길과 길을 꼼꼼히 기워줄 수 있다면……우리는 언제까지나 함께 웃고 있을 것이다.

주름 잡힌 아버지의
웃음이 나를 본다

《남자의 자리》

열린책들

2012

마흔이 된 나는 일흔이 넘은 아버지 옆에서 텔레비전을 본다. 퇴직한 아버지에게 텔레비전은 한세상이다. 소치 동계 올림픽 중계를 밤새 보고는 낮에도 채널을 바꿔가며 같은 프로그램을 보고 또 본다. 벽에 걸린 액자 속에는 젊을 때 찍은 가족사진이 있다. 이제는 집 사느라 진 빚을 갚지 않아도 되고, 학비며 생활비 걱정을 하지 않아도 되는 아버지는 노년의 시간을 이렇게 보낸다.

다리는 불편해지고 혈압약을 먹어야 하지만 아버지에게는 소중한 시간이다. 불쑥 찾아와 관심받고 싶어하는 자식은 솔직히 떨쳐버리고 싶은 짐일 테다. 1970년대의 '하면 된다'와 '세계 최고'의 기치 아래 평생 자기와 남을 다그치며 일해온 아버지는 그런 목표가 달성되지 않는다는 사실을 실은 알고 있다. 그래서 아버지는 김연아에게 열광한다. '하면 되는' 연기를 펼치는 '세계 최고'의 김연아는 꿈이 현실이 되는 유일한 순간이다. 그렇게 완벽한 목표가 필요했다. 현실의 골칫거리도 복잡함도 남루함도 외면할 수 있는 뭔가. 김연아의 클린 연기에 박수를 보내는 아버지 옆에서 나는 묵묵히 팔짱을 끼고

32

33

있다. 우리가 바라볼 이상 같은 건 없어도 좋다.

서로 바라보지 못하게 방해하는 것은 또 있다. 강박이다. 아버지는 말한다. 문을 잠그지 않으면 집에 도둑 든다, 가스불을 켜놓고 잊어버리면 불난다, 남한테 원한을 사면 끔찍한 일을 당한다, 택배 기사가 어떤 범죄를 저질렀다, 늙은 부모가 자식에게 버림받았다 따위를 이야기한다. 끝없는 걱정과 두려움, 염려와 애착과 불안으로 뒤범벅된 독백들. 어머니가 뒤늦게 외친다.

"박정희만 독재를 한 게 아니라 당신도 이 집에서 독재를 했어!"

휴전선이 그어지자 집집에 분단의 선이 소리 없이 아로새겨졌듯, 개발 독재 시대의 가장들은 독재자를 닮아갔다. 아버지의 잔소리는 지독한 소외감을 전해준다. 언제나 자기만 바라보는 독백이다. 아버지 생각만 좇지 말고 우리를 봐주세요. 세상에 무서운 일은 그렇게 많이 일어나지 않아요.

박수 보내지 않는 나를 힐끔거리며 아버지는 실망한다. 오랜만에 함께 앉은 자식의 냉랭한 태도에 상처받는다. 아버지가 문득 말했다.

"너희들은 나보다 잘생겼어. 나는 키도 작고 이렇게 생겼는데⋯⋯."

갑작스러운 말에 나는 당황했다.

"너는 글도 잘 쓰지, 어떻게 하면 그렇게 쓸 수 있을까? 하고 싶은 말이 있는데 어떻게 표현해야 할지 모르겠어."

김연아 선수의 마지막 경기를 본 아버지는 눈물을 훔쳤다. 그 모습이 텔레비전 화면에 비친다. 아버지는 아쉬워한다.

"쟤 덕분에 즐거웠는데, 정말 행복했는데. 다시는 저런 경기를 못 볼 테지. 우리나라는 이제 피겨스케이팅에 출전도 잘 못 하고 금메달도 딸 수 없을 거야."

20년 전 내가 대학에 입학할 때 아버지가 그랬다.

"너희가 나보다 공부를 더 잘해. 나도 그만큼 공부하지 못했어."

그때 나는 외로웠다. 아버지가 나를 봐주기를 바랐다. 누구보다 더 잘하거나 못하는 자식이 아니라 당연히 못하기도 하고 어쩌다 잘하는 것도 있는 그런 딸로, 그래서 '사랑한다'는 말을 들을 수 있는 딸로 받아들여지기를 얼마나 바랐던가. 평가를 애정이라 생각하고 맹렬하게 1등을 하려 노력했다. 아버지는 모를 것이다. 성인이 돼 집을 떠난 뒤에도 나는 아버지의 경기장에서 금메달을 따려고 혼자 미친 듯이 휘몰아치는 선수였다는 걸. 나도, 남도 사랑하지 못하고 아무도 없는 경기장에서 자기를 채찍질했다는 걸. 나는 아버지가 심판석에 앉아 있다고 여겼다. 그러나 그건 나 자신이었다. 그래서 그곳을 떠날 때 아무것도 남아 있지 않았다. 마흔이 돼서야 그 경기를 포기했다는 사실을 아버지는 까맣게 모를 것이다. 이 모든 일의 원흉이 아버지인 것만 같아 몹시 미워한 사실은 더더욱 모를 것이다. 우리 모두 떠난 경기장, 그곳은 본디 없는 곳처럼 시간에 묻혀버렸다.

지금 아버지는 심판관이 아니다. 소파에 앉아 남몰래 울고 있는 늙은 남자다. 아버지는 요즘 자주 죽음을 이야기한다.

"시체가 상하면 고기 썩는 거랑 똑같단다."

다리가 잘 안 움직여 차를 피하지 못하는 노인들을 보면 가슴을 졸인다. 옆집 누구는 부인이 죽은 뒤 딸이 반찬을 매주 가져다준다고 부러워하고, 김치 한쪽도 버리는 게 아까워 어떻게 하면 냉장고 음식을 깨끗이 먹어치울지 전전긍긍한다. 지나간 이야기, 조상이며 고향 이야기, 어린 시절 소꿉놀이 이야기, 전쟁 이야기, 죽은 동무들 이야기, 가난 이야기, 군대 이야기, 돈 벌던 이야기를 자꾸 말하고 싶어한다. 아버지도 아버지 노릇이 지치고 싫다. 자기가 어떻게 살아왔는지 말하고 싶은데 어떻게 해야 할지 잘 모른다. 잔소리로, 되풀이되는 말로, 경멸과 비하가 섞인 어조를 오가며 말한다.

그렇게 자기를 봐주기를 바란다. 말로 표현한 적도, 글을 쓴 적도 없지만, 이 혹독한 세상에서 얼마나 자기가 안간힘을 써서 책임을 다하려 했는지, 무너지는 자존심을 지키려 노력했는지, 무턱대고 자식에게 밥을 먹이고 옷을 입히는 것으로 애정을 표현해왔는지, 겁이 나고 무서워 달아나고 포기하고 싶어도 혼신으로 버텨왔는지, 아버지는 말하고 싶다. 표현하고 싶다. 인정과 위로를 받고 싶다. 지나간 시간이 헛되거나 사라지지 않았다고 증명하고 싶다. 이 안락한 소파와 늙은 몸 말고 뭔가 더 남아 있다는 사실을 확인받고 싶다.

사랑한다는 말이 아니어도 사랑을 보여줄 수 있다고 알게 된 이즈음에야 떠올린다. 아버지가 우리들 학비를 대려고 동분서주 애쓰면서도 내색하지 않으려 한 모습을 기억한다. 무조건 서울로 가서 고향에 돌아오지 말라고 닦달하면서 숨긴 감정이 무엇인지 생각한다. 일터에서 받는 모멸감 때문에 직장을 그만두고 싶을 때마다 애써 참았다는 말마디를 생각한다. 가난하고 자신이 없어서 몸에 붙은 끊임없는 걱정과 불안과 강박을, 다시 방패처럼 두르고 살았다. 지켜주는 것 없고 울타리 없는 사회에서 떠메고 온 생존의 짐. 더 나은 곳으로 자식들을 보내고 싶은 갈망.

무엇이 남았을까, 우리가 지나온 자리에. 세월이 지나고, 그 강박과 갈망의 시간, 아버지가 떠나고 내가 떠난 자리에. 우리를 여기까지 끌어당겨온 힘이 마치 제 할 일을 다 했다는 듯 어이없이 풀썩 사라지고 만 이때, 지난 세월은 온데간데없이 죽음만 생각하는 아버지와 어찌 살아야 할지 우왕좌왕하는 딸 앞에 지난 일들은 어떤 의미가 있을까.

아버지는 웃고 있다. 덧없는 삶의 시련 앞에서, 무너지고 주저앉고 싶은 고비고비를 넘기며 여태껏 웃음을 지키고 웃을 수 있어서, 지난 시간이 경이롭게 빛난다. 오랜 싸움에 지지 않은 켜켜이 주름 잡힌 웃음이 나를 본다. 내가 그 웃음들을 본다. 나는 지금 아버지 곁에 오랜만에 돌아와 앉아 있다.

아니 에르노가 쓴 《남자의 자리》는 원제가 'La place'다. 책 소개에 이렇게 나와 있다. 에르노의 아버지는 소를 치는 목동에서 공장 노동자로, 소상인으로 조금씩 신분을 높이며 술도 입에 대지 않고 착실하게 살았다. 아버지는 지식인에게 경외감과 열등감을 품고 살아간다. 다행히 배울 기회를 많이 얻은 딸은 점점 아버지가 동경하던 세계에 다다르지만 그럴수록 둘 사이의 거리는 더욱 멀어진다. 아버지는 많이 배운 딸은 자기보다 낮게 살아야 한다고 믿는다.

에르노는 아버지 이야기를 소설로 쓰면서 말했다. "이것은 전기도 아니며 소설도 아니다. 아마 문학과 사회학, 그리고 역사 사이의 그 무엇일 것이다." 자리는 흘러가면서 다르게 배치되고 사라지므로, 이 한때의 기록을 남기려고 에르노는 얼마나 치열하게 시간들 사이의 간극과 긴장을 의식하고 표현하려 노력했을까. 황현산 문학 평론가는 이 소설을 두고 자기가 이해하지 못하는 삶과 문화를 위해 자기가 살아온 삶과 몸담아온 문화를 하나씩 부정해야만 한, 자기를 바친 게 아니라 없애버린 사람들의 운명을 그린 소설이라고 했다.

소설에 이런 내용이 나온다. "그는 나를 자전거에 태워 학교에 데려다주곤 했다. 빗속에서도 땡볕 속에서도 저 기슭으로 강을 건네주는 뱃사공이었다. 그를 멸시한 세계에 내가 속하게 되었다는 것, 이것이야말로 그의 가장 큰 자부심이요, 심지어는 그의 삶의 이유 자체였는지도 모른다. 그는 '노가 우릴 다시 집으로 데려다주네'라는 말이 들어간 노래를 부르곤 했다."

《오후 네시의 생활력》(김성희, 2015)에서 마흔이 된 딸은 육체노동으로 자기를 길러낸 아버지가 골목길을 걸어가는 늙은 뒷모습을 보며 이렇게 읊조린다. "내가 어렸을 때, 아버지는 우리에게 다른 무엇이 되라고 했다. 궁핍함에서 적당한 가난으로 우리를 건져올렸지만, 늙어버린 남자. 그런데 아버지, 우리는 다른 무엇이 되지는 못했어요. 대신 이 적당한 가난으로, 다른 무엇이 아니라 내가 되었습니다."

등 돌려 뛰어온 시간, 모퉁이 앞에서 슬며시 뒤돌아볼 때 늙고 주름진 얼굴의 누군가가 여전히 조마조마하게, 한편으로는 자부심을 품고, 또한 슬픔과 외로움을 견디며 하염없이 서 있는 모습을, 사라져 가는 모습을, 불현듯 마주치게 된다.

혼자 날아봐!
길을 잃는 게 뭐 대수냐

캐롤 M. 앤더슨

《단독비행》

또하나의문화

1998

고향 친구들이 한자리에 모이는 일은 드물었다. 다들 다른 곳에 사는데다 딸린 아이들도 있으니까. 그런데도 우리는 기어이 만났다.

설날이었다. 고향에 잠깐 와 있는 틈을 타 모였다. 모인 사람은 모두 세 명이고, 한 명은 시내에서 떨어진 절에 있다고 했다. 망설일 것 없었다.

"절에 가자. 불러내서 함께 밥이라도 먹자!"

한 명이 차를 가져와 교외를 거침없이 달렸다. 우리는 부산스럽게 인사를 나누며 서로 살펴본다. 전보다 더 마른 손을 잡아보기도 하고, 급하게 걸치고 나온 태가 뚜렷한 옷매무새도 쓰다듬는다. 눈가에 주름이 지기 시작한 얼굴을 마주 본다.

우리는 함께 소풍을 가서 김밥을 나눠 먹고, 골방에서 키득거리며 만화책을 읽고, 목걸이를 만들어 서로 목에 걸어주고, 수학여행 때 몰래 내뺄 궁리를 한 사이였다. 더 커서는 연애나 피임 얘기를 은밀히 주고받고, 자취방에서 술 마시고 춤추고, 심야 영화관에서 영화를 보며 졸다가 노래방에 가서 고래고래 노래를 부르기도 했다. 결혼식에 가서 축하를 했고, 아기를 낳자 신기해했으며, 기막힌 시집살이 얘기에 혀를 찼다. 겉보기에 멀쩡한 친구 남편이 몰상식한 욕을 한 얘기를 듣고는 분개했으며, 아파트에서 뛰어내리고 싶다는 친구에게 국수 한 그릇을 사주기도 했다.

비슷한 때 줄줄이 결혼하고 줄줄이 아이 낳고, 올망졸망한 아이들을 끌어안고 해마다 아슬아슬하게 만나 기념사진 한 장씩을 찍었다. 사진 속에서 우리는 조금씩 늙어가고 아이들은 조금씩 자랐다. 이제 이혼한 친구도 있고 줄타기하듯 겨우 결혼 생활을 유지하는 친구도 있다. 어릴 때는 미처 몰랐다. 우리가 이런 모습으로 어른이 돼 있을 줄은.

절에 가 일하는 친구를 불러내 인사하느라 호들갑을 떨었다. 공양간에서 차를 마시며 지난 이야기를 해댔다. 관람을 마친 연극이나 영화를 평하듯이 지난 일들을 주절거린다.

"너, 그때 나보고 결혼하지 말라고 했잖아. 기억나? 나는 그때 지는 결혼해놓고 나보고는 결혼하지 말라고 한다고 뭐라고 했지!"

"그래서 내가 너한테 그랬지? 나는 결혼이라고 해봤으니까 너한테 말할 수 있는 거라고 굳이 결혼하려고 애쓰지 말고 너 하고 싶은 거 하라고."

"그때 네가 한 말이 맞았어. 이혼하고 나니까 그 말이 딱 생각나더라."

"나도 한참 뒤에야 이혼했는데 뭐."

이런 얄궂은 대화를 나누는 한쪽에서는 또 이런 말들이 오간다.

"야, 그때 너희 커플이 제야의 종소리 들으러 갈 때 내가 따라간

거 기억나? 종소리 들으면서 키스하면 영원히 헤어지지 않는다고 둘이 뽀뽀하고 있는데, 사람들한테 치이며 굳이 따라가 구경한 나는 뭐니?"

"그러게, 이렇게 끝날 줄 모르고."

"영원한 사랑일 줄 알고!"

그 '영원한 사랑'이라는 말이 왜 그렇게 웃긴지 모두 배를 잡고 웃었다. 눈물을 질금거릴 정도로 웃어댔다. 영원한 사랑이라니!

그때는 그랬지. 마당에서 꽃을 줍다가, 진흙으로 인형을 만들다가, 철 지난 시집을 꺼내 읽다가, 기사님이 창 밑에서 공주를 기다린다는 시를 서로 끼적여주고 감탄하다가, 다가오는 남자에게 우리의 멋진 환상을 화환처럼 머리에 씌웠지.

꿈들이 끊임없이 찢겨 나갈 때, 느낌을 믿기까지 얼마나 많이 망설여야 했는지. 생각이 틀린 게 아니라는 사실을 알게 될 때까지 얼마나 다쳐야 했는지. 집이라고 믿은 곳에서 뛰쳐나오기까지 얼마나 용기를 내야 했는지. '이건 사랑이 아니고 폭력이야.' 그 말이 낯설어서 얼마나 의심했는지.

자기가 틀렸다고 여기는 순간이 행복했고, 자기가 맞다고 확신하는 일이 가장 두려웠다. 우리는 서로 유일한 목격자였다. 현실의 민낯은 민망할 정도로 삭막했지만, 우리는 만날 수 있었고, 낯설고 지친 모습이어도 어쨌든 웃을 수 있었다.

"나가자! 너 뭐 먹고 싶어?"

"고기……. 맨날 풀만 먹었더니 기력이 달린다."

"야, 절에 있는 애가 고기부터 찾냐? 먹자! 고기!"

왁자지껄하며 차 시동을 걸고 한 접시에 8000원짜리 돈가스집으로 달려간다. 둘러앉아 시답잖은 이야기를 한다. 지금도 예쁘다, 좋은 사람하고 연애해라, 꼭 작가로 성공해서 돈 많이 벌어라, 지금이라도 전공을 살려 화가가 되면 어떻겠니, 어릴 적 전깃줄 조각으로 만들어준 반지 생각난다, 우리 함께 만든 지점토 인형은 어떻게 되었더라, 인형 속에 있던 유리병이 깨어져버렸단다, 나는 이제 알았네, 세상에나⋯⋯.

두서없는 이야기를 한다. 한쪽에서 호출해대는 아이며, 남편 전화가 와 시간에 쫓기면서도 맞은편에 앉은 친구를 한껏 치켜세운다. 잊지 않고 올해도 기념사진을 찍었다. 카메라 앞이라 잠깐 어색해하다가 곧 활짝 웃었다.

미국의 중년기 독신 여성들을 인터뷰하고 다양한 삶을 분석한 《단독비행》은 독신을 대하는 사회의 편견을 비판하고 다채로운 독신의 삶을 대안으로 보여준다.

"과거는 바꿀 수 없으므로 우리는 과거에 관한 우리의 사고방식을 바꾸는 수밖에 없다. 가장 효과 있고 자기 긍정적인 수단은, 과거에 저지른 일과 못다 한 일에 대해, 용기가 꺾였던 순간들에 대해, 너무 쉽게 지조를 버렸던 때에 대해 스스로 용서하는 것이다. 회한과 후회 속에 사는 대신 우리는 그래도 당시 최선을 다했다고 받아들이고 대신 만족스러운 미래를 구상하는 데 우리의 힘과 자원을 써야 할 것이다."

그때는 몰랐다. 여자가 행복해지는 데 남자가 꼭 필요하지는 않다는 사실을, 혼자 나이 들어도 외롭지 않고 충만할 수 있다는 것을,

결혼하지 않아도 꿈을 이룰 방법은 많다는 것을, 하고 싶은 대로 해도 고립되지 않을 수 있다는 것을, 자기에게 의미 있는 것을 가장 잘 아는 사람은 자기 자신이라는 것을, 삶을 어떻게 느낄지 결정할 힘은 자기에게 있다는 것을, 결혼을 낭만화하는 것은 문화적 미신이라는 것을, 자유와 독립을 위해 더 애써야 한다는 것을, 혼자라는 것이 결코 불행을 뜻하지는 않는다는 것을, 그때는 몰랐다.

잠시 침묵이 흘렀다. 우리는 언제나 이야기할 시간이 충분하지 않았다. '외로울 것이다. 경제적으로 힘들 것이다. 책임을 다하기 버거울 것이다……' 서로 추측하며 자기 날개에 놓인 짐의 무게도 문득 가늠해볼 뿐.

그날따라 어쩌자고 겨울 들판에 불에 타다 덩그렇게 남은 건물 하나가 눈에 들어왔다. 검게 탄 벽 너머로 거뭇한 철새들이 한 줄로 날아가 사라졌다. 어쩌면 우리도 절름거리며 어두운 땅을 천천히 떠나는 중인지도 몰랐다.

내게 날개가 있다고 신기해하며, 그동안 날개를 잊고 지낸 시간에 눈물겨워 하며, 땅 위에서 낮게 퍼덕거리며 하늘을 올려다보고 있는지도 몰랐다. 그래서 미적거리며 그런 말을 되풀이하고 있었나 보다. '네게 언제나 있던 날개를 내가 기억한다! 날아봐! 친구야! 더 머뭇거리지 말고!'

지친 날갯짓이 내는 소리가 하나둘씩 모이면 또다시 커다란 박수 소리가 될 테지.

'영원한 사랑 같은 건 없어도 좋다. 까짓것. 하늘에서 길을 잃는 게 뭐 대수냐. 하늘로 날아가는 길은 어차피 제각각이니까.'

차가운 손을 꽉 잡고 과장스럽게 흔들어대며, 우리는 오랜 친구라는 특권으로 그런 말을 전해주고 싶었나 보다.

내가 살던 집들에 안부를 묻다

한국여성민우회

《내가 살 집은 어디에 있을까?》

후마니타스

2015

전세난이 심한 요즘, 있던 자리에서 뽑혀 나가 부유하고 싶어진다. 2년, 길어야 3년이나 4년씩 내 집이라고 애지중지하던 자리들을 모자이크 맞추듯 죽 이어본다.

스무 살, 서울에 처음 올라와 대학교 앞에 있는 반지하방에 살았다. 낯설었다. 자고 나면 등이 푹 젖었고, 늘 불을 켜야 했고, 괜히 다른 사람의 발이라도 창가에 어른거리면 여간 신경 쓰이는 게 아니었다. 머릿밑에 습진이 생기더니 누런 딱지가 앉아 병원에 다니기도 했다. 그래도 대학생 처지에 셋집에 사니 다른 친구들이 부러워할 만했다.

"네 부모님은 젊을 때 아주 열심히 일하셨나 봐. 자식한테 셋방도 얻어주고."

친구들은 하숙하거나 기숙사에 살거나 고시원에서 지냈다. 고학하는 친구는 내 방에 와 《벼룩시장》을 뒤적이며 아르바이트 강사 자리를 구했다. 면접 가기 전에 방에서 밥을 함께 먹었다. 친구는 나중에 이렇게 쓴 엽서를 줬다. '살아갈 자신이 없던 어느 저녁, 친구가

차려준 밥상이 살아갈 힘이 되기도 하지.'

대학을 졸업하고 방을 새로 구했다. 이층 단칸방으로, 보증금 500만 원에 월세가 20만 원이었다. 집주인이 오래된 물건들을 넣어 두고 창고처럼 쓰던 곳이었다. 세간이 없어 지나가는 트럭에서 냉장고 6만 원, 세탁기는 8만 원에 샀다. 세탁기는 금방 고장이 나서 못 쓰게 됐고 냉장고도 마찬가지였다. 화장실은 계단 아래에 있어 따로 드나들어야 했는데, 벽이 사선으로 낮아서 머리를 자꾸 부딪쳤다. 주인집으로 올라가는 계단이 바로 창 옆에 있어서 창문을 열어두지 못했다. 부엌 겸 욕실이라 쭈그려 앉아 바가지에 물을 퍼 몸에 끼얹을 때마다 반투명 유리 밖으로 그림자가 어른거릴까봐 신경이 쓰였다. 그 집에서 2년밖에 못 살았다. 주인이 자식들 짐을 보관해야 한다며 비워달라고 했다. 내가 살던 집이 다른 사람에게는 창고에 지나지 않는다니 마음이 아팠다. 또 급하게 돌아다니며 방을 구했다. 근처에 한 칸 방을 겨우 구했다.

직장에서 첫 월급을 받던 날, 과장이 신입 사원들에게 주택 청약 저축을 들라고 말했다. 몇 년이 지나 청약을 신청할 수 있게 됐다. 임대 아파트는 서울 외곽에 많았다. 직장에서 멀기는 해도 11평 임대 아파트에 청약을 넣었다. 입주금은 내고 있던 월세하고 같았다. 보증금 500만 원에 월세 20만 원. 입주할 수 있다는 소식을 듣고 열쇠를 받으러 아파트 관리사무소에 가던 날은 서울에 올라와 가장 기쁜 날이었다. 작은 방 두 칸을 둘러보고 조심스럽게 문을 잠근 뒤 돌아서서는 아파트 단지가 온통 내 집인 양 몇 번이고 돌아봤다.

엄마는 함께 입주 청소를 하면서 그런 나를 나무랐다. 젊은 애가 꿈이 없다고. 이렇게 낡고 춥고 좁은 아파트에 평생 살 생각을 하는 게 이해가 안 된다고 했다. 그렇지만 내 결심이 대단했다.

"2년 정도 살겠지."

"아니야, 나는 이제 집 걱정 안 하고 여기서 평생 살 거야."

아파트는 산을 마주하고 있어서 복도에 서면 산이 보였다. 복도에는 러닝셔츠 바람으로 담배를 피우는 아저씨가 몇 있었는데, 실직하거나 돈벌이가 신통치 않은 사람들이었다. 옆집에 사는 아주머니는 아침부터 밤까지 일했다. 가끔 쓰레기 봉지를 내놓을 때 마주쳤는데, 집이 조금만 더 넓으면 좋겠다고 한숨을 쉬었다. 그 집에는 큰아들도 있고 딸도 있었다. 두엇이 누우면 다 차는 방에 여럿이 북적이며 살아 피곤하다고 했다.

복날이 되면 노인들은 한두 마디 맥없이 주고받았다. 평수가 다른 아파트는 크기만 다른 게 아니었다. 복날이 돼 수박을 쪼갤까 닭을 고아 먹을까 궁리하는 사람과 입맛도 없으니 그냥 죽으면 좋겠다고 하는 사람의 차이였다. 집은 바퀴벌레가 자주 나왔다. 방음이 안 되는 벽 너머로 이웃집 전화벨 소리나 욕하는 소리가 다 들렸다. 칸막이 집들에 줄줄이 살아 이웃집 사정을 대충 알 수 있었다.

그곳에서 2년을 살았다. 결혼해서 아이를 낳은 뒤 몇 평 더 넓은 주공 아파트로 이사했다. 놀이터에서 만난 엄마들은 포대기에 아기를 업고서 유학 보내려면 지금부터 뭘 준비해야 하는지, 외국어 고등학교에 가려면 어떻게 해야 하는지, 집값이 오를지 내릴지 정보를 나눴다. 경전철이 들어서면 집값이 오른다며 귀띔해준 이웃 말대로 아파트값은 곧 두 배 넘게 올랐고, 나는 전세금이 벅차 다시 이사했다.

같은 집에 살려면 2년에 2000만 원씩은 벌어야 한다. 은행에서 전세금 대출을 받고 2년 동안 맞벌이하며 그 돈을 겨우 다 갚을 때쯤 집주인이 다시 전세금을 올린다. 또 전세금 대출을 받고 빚을 갚으며 그 집에서 산다. 그런데도 집주인은 주변 시세보다 더 싸게 받는다며 고마운 줄 알라고 생색을 냈다.

"당신네 나가면 우리야 더 좋지!"

도저히 안 될 듯해 더 작고 싼 집을 구해보기로 했다.

불황이라 매매고 전세고 거래가 없다며 근처 부동산들은 몇 개 안 되는 매물을 놓고 경쟁이 붙었다. '깡통 전세'가 즐비했다. 이사 갈 집이 마땅치 않아 이사 날짜까지 미루며 겨우 집을 구했다. 그동안 모은 전 재산이 수표 한 장이 돼 집주인 호주머니에 들어갔다.

그때 갑자기 깨달았다. 돈은 모이는 게 아니라는 것을. 돈은 그냥 종이 위에 찍힌 숫자에 지나지 않는다는 것을. 통장에 찍히는 숫자들은 아무것도 의미하지 않는다는 것을. 시간은 흘러간 것일 뿐, 시간이 숫자로 환원되는 일은 처음부터 불가능했다는 것을. 저 사람이 이 집을 내게 빌려주는 것은, 내가 어떤 집에 살 수 있는 것은, 이 사회와 사람들 사이의 약속에 지나지 않으며, 그 약속은 공평하지 않을 수도 있고 말도 안 되는 것일 수도 있다는 것을. 약속의 규칙을 바꿔야 하지, 내 시간을 돈으로 바꿔 죽도록 쌓아간다고 해결되는 문제가 아니라는 것을. 그러니까 돈 번다고 가족하고 저녁밥도 먹지 못하고, 돈 번다고 아이와 제대로 놀지 못하고, 돈 번다고 친구하고 차 한 잔 마음놓고 못 마시고, 돈 번다고 사랑도 못하고, 돈 번다고 눈 맞추지 않고, 돈 번다고 스스로 아껴주지 않은 모든 것은, 무엇으로도 보상되지 않고 흘러가버렸을 뿐, 돈이, 그 가공의 가치가 채워줄 수는 없다는 것을.

그동안 살던 집들을 죽 뒤돌아본 이유가 그것이다. 그속에서 함께한 친구며 사람들을 새삼 떠올려본 것은. 함께하던 사람들하고 보내는 일상의 풍경, 작은 소리까지 다시 떠올려보려 애쓴 것은. 주름진 시간 속에 숨어 있는 사람들, 주름마다 튀어나오는 오래된 집들, 그때는 몰랐지. 우리가 가진 건 손수 지은 그 저녁의 윤기 나는 흰밥들이라는 것을, 지금은 잊힌, 그 밥을 후후 불며 먹던 불 켜진 방들이라는 것을, 함께 밥을 먹자고 사람을 그리워하며 여닫던 그 문들이라는 것을, 하늘이 보이지 않는 땅 아래 있어도 맞은편에 마주한 네 눈을 보고 네 웃음을 들으며 맞잡은 손이라는 것을. 언제나 그랬으니 앞으로도 함께할 수 있다 여기고 무심히 넘어간 시간, 언제인지도 모르게 헤어진 사람들. 그래도 우리가 짓고 함께 나눠 먹은 밥들이 소복소복 그 자리에 남아 지금도 주린 마음을 따뜻하게 달래주니, 문득 멈춰 서서 지나온 집들에 안부를 묻고 싶다.

《내가 살 집은 어디에 있을까?》는 집 없는 세입자로 살면서 삶의 안정감을 느낄 수 없는 이들에게 안내서 구실을 하는 책이다. 2015년 13만 7000여 명이 집 때문에 서울을 떠났고, 2016년 서울 인구 1000만 명 시대가 무너졌다. 재산 증식의 수단이 된 집 중에서 평범한 사람들의 몫은 없다. 최저 주거 기준에 못 미치거나 지하, 옥탑방 같은 곳에 머무는 서울의 주거 빈곤 청년 수는 52만 명이고, 서울시 청년 1인 가구의 36.2퍼센트가 이런 곳에 산다(《몸둘 바 없는 독서실서 살아봤나요》,《한겨레》 2016년 3월 10일). 1인 가구가 늘고 있지만, 그중 많은 이들이 나쁜 주거 환경에 시달린다. 임대 아파트 당첨은 꿈이 됐고, 살아남기 위한 노하우가 실용서에 빼곡하다. 세입자의 권리는 집 가진 이들의 횡포 앞에서 쪼그라들고, 유동하는 집은 가난을 재생산하는 굴레가 된다. 세입자라는 단어는 '영원한 비정규직' 같은 느낌을 주고, 집은 창고나 여관 같은 '거처'로 여겨진다.

송경동은 〈오늘은 여기서 자고 가야겠다〉라는 시에서 이렇게 노래했다.

어디라도 가서 몸을 뉘어야 하는데
내일 다시 가야 할 새로운 정거장들만이
저 하늘에 하나둘 그리운 별빛으로 떠올라 있다
깃들일 곳 하나 없이
뜬눈으로 새우다 가더라도
나는 오늘 밤 이 별에서 자고 가야 한다

우리는 이 별에서 어떻게 뜬눈으로 지새우거나 외딴 곳에서 자는 걸까. 집으로 상징되는 것들이 사라지는 시대다. 어쩌면 배타적인 가족이 사는 담장 높은 집은 더 허물어져서 함께 밥을 나누고 식탁에 모여 앉는 새로운 가족과 집으로 재구성돼야 하는지 모른다. 사라진 집들을 떠올리며 아직 우리가 찾지 못하고 만들어내지 못한 집들을 이곳에 그려본다.

"어머니의 책임은
두려울 정도로 많다"

샌드라 스카

《어머니의 양육과 타인의 양육》

서원

1992

그때도 겨울이었다. 돌 지난 아이하고 주공 아파트 안에서 종일 지내던 나날. 서랍을 열고 옷을 꺼내다가, 냄비 뚜껑을 바닥에 두드리다가, 전화기 줄을 잡아당기다가 심심해진 아이와, 밥 먹이고 씻기고 옷 입히고 젖 물리다 더 할 게 없어진 내가 우두커니 앉아 있으면, 창으로 햇빛이 들어와 우리를 비췄다. 밖이 추운 대신 빛은 시리도록 밝아 어쩐지 맑은 슬픔이 고이는 듯한 느낌이었다. 나는 손가락 인형 놀이를 하고 아이는 구경했다. 혼자 하는 연극은 사위가 문득 어두워질 때까지 계속되고, 손가락이 살아 있는 건지 엄마가 말하는 건지 아직 모르는 아이는 내 손가락과 입을 번갈아 쳐다봤다. 세상에서 오롯이 우리 둘뿐인 듯하던 그 텅 빈 방, 아이와 나는 쓸쓸함에 짓눌리지 않으려 기를 쓰고 있었다. 다행히 더 심심한 사람은 나였고, 아이는 내가 씩씩하게 굴면 그나마 나았다. 그렇지만 우리 둘만으로 내내 행복할 수는 없었다.

　아이가 백일이 될 무렵 내가 일하고 싶다고 하자 남편은 어린것을 두고 어디를 가냐며 말도 안 되는 소리로 치부했고, 구립 어린이

집에서는 아이가 돌은 지나야 맡아줄 수 있다며 고개를 가볍게 저었다. 일하던 여자가 아이를 낳고 계속 일을 하고 싶다는데 왜 터무니없는 소리가 되는 걸까? 나는 이해할 수 없었다.

"왜 어린이집에 보내? 성격 버려."

"차라리 내가 아프고 말지, 어린이집 다니면 맨날 아프대. 애 잡을 일 있어?"

이웃들이 훈수를 두고 소아청소년과 의사까지 합세하더니, 친정 부모까지 거들었다. 공부해서 대학 가야 한다는 교육만 똑같이 받고 자란 우리 또래들은 실은 엄마 노릇이 낯설었고 어이가 없었다. 아무도 우리가 곤경에 빠져 곤혹스러울 수 있다고 생각하지 않았다. '엄마'는 누구나 닥치면 해내는 일이니까. 여자라면 할 줄 아는 일이니까. 아니, 그건 일도 아니니까. 제 새끼 제 손으로 키우지 못하는 여자는 어미도 아니라 했으니까. 그렇게 말없이 엄마 노릇을 꾸역꾸역 해내면서, 빈방이 오로지 한 세계고 아이가 유일하게 만나는 사람인 채 이웃에게서 고립돼, 우리는 속으로 붕괴했다.

학교나 일터, 익숙하던 이른바 공적 세계에서 가정이라는 이른바 사적 공간으로 옮겨올 때, 어떻게 살아야 하는지 가르쳐주는 곳은 없었다. 젖먹이를 둔 엄마들의, 아직은 솔직한 공허감을 교회가 파고들었다. 아파트에서는 신앙이 빠르게 전파될 수 있었다. 아이를 잠시 봐주는 한 시간 동안 엄마들은 교회에서 '하나님'을 만났다. 오랜만에 허락된 혼자만의 시간이라 감회가 남달랐다. 곧이어 엄마들은 아이는 선교의 미래라고 외치며 마음 놓고 신앙에 전념할 수 있게 됐다. 믿으면 이길 수 있다는 교회의 논리와 세상의 논리가 다르지 않았기 때문이다. 우리는 승자가 될 수 있다는 신념을 품고 아이라는 출발점에서 마라톤을 시작하는 '엄마' 주자가 된다. 그래서 세상이 전같이 굴러간다. 겉보기에는 그럴듯한 가족들 속에는 말 못하고 분열하는 '자기들'이 많았다. 그래서 가족은 세상을 지탱해주는 벽돌인 한편 그 속은 곪아, 서로 수천수만 번씩 죽고 죽이는 원수가 되기도 했다.

《어머니의 양육과 타인의 양육》에서 샌드라 스카는 이렇게 지적한다. "우리는 어머니의 취업이 어떤 사람의 실질적인 만족에 주는 비용과 혜택을 해결하지 못했다. 나는 이 문제의 미해결이 어머니가 직장을 갖거나 집에 머물러 있을 때 보이는 실질적으로 좋거나 나쁜 효과들보다는 여성과 아동에 대한 상충하는 문화적 가치로부터 온다고 생각한다."

이 책은 취업 여성이 느끼는 불필요한 죄책감, 한물간 심리학적 통념이 미치는 해악, 탁아가 아동에게 미치는 실제 양상, 연구 결과들이 보여주는 것과 보여주지 않는 것, 현대 가족의 모습, 다른 사람이 할 수 있는 좋은 양육의 특질을 설명한다. 그리고 신화에 맞서 싸운다. 사실을 보여주려 애쓴다. 문화 가치의 지체 때문에 지금을 사는 사람들이 필요 없는 고통을 겪기 때문이다. 여성은 옛날 어머니의 이미지대로 살 수 없고 슈퍼 부모도 될 수 없어 죄책감에 빠진다. 남성이 할 일은 사회적으로 명확하지만, 전통적인 여성의 일에서 조금 떨어진 일은 불명확할뿐더러 부당한 비난을 받는다. 그래서 아이를 둔 여자는 지나치게 무거운 의무와 책임으로 고통받는다. 탁아 정책이 제대로 마련되지 않았기 때문에 사회적 문제를 개인이 짊어지고 있다. 일하는 여성은 보육 문제를 책임지지 않으려는 체제에서 살아간다. 또한 전업주부와 워킹맘들은 조장된 갈등에 둘러싸여 자기 결정을 의심하고 고통에 시달린다.

《엄마의 탄생》(김보성·김향수·안미선, 2014)을 쓰면서 나는 젊은 엄마들이 구시대의 '엄마다움'이라는 통념에 얼마나 시달리는지, 허술한 보육 제도와 일-생활 양립에 적대적인 사회 구조 속에서 어떻게 부당한 희생을 감내하는지 목격했다. 또한 신자유주의 경쟁 속에서 엄마들은 아이를 승자로 만들어야 하는 압박을 느꼈고, 아이를 이 체제를 유지하기 위한 톱니바퀴 나사로 만들고 싶지 않다는 진심과 어쩔 수 없이 체제에 적응시켜야 한다는 책임 속에서 몹시 갈등하고 있었다. 사회 통념으로서 모성은 엄마와 아이가 인간적으로 사랑할 기회를 차단하며, 죄책감에 싸인 채 아이를 관리 대상으로 삼아야 하는 기괴한 엄마 노릇을 강화하고 있다. 인터뷰하는 엄마들은 오래 울었고, 나도 인터뷰어로서 거리감을 잊은 채 고개를 숙였다. '엄마'를 앞세워 육아든, 돈벌이든, 사회의 부품 제조기든, 모든 일을 다 해내라고 가족과 여성에게 짐을 떠넘기고, 사회 구성원이 함께 축적한 자원을 배분하지 않은 제도 때문에 벌어지는 장면이다.

여성과 아동은 이런 모습이어야 한다는 통념은 한 세기 전의 유물이다. 그 안에는 지금을 사는 여성과 아동의 모습이 없다. 문화적 고정 관념을 바꾸지 않은 채, 죄책감에서 벗어나려 밤새 가슴을 치면서 기도하는 미쳐가는 엄마 노릇에서 벗어날 수는 없다. 사회의 가치를 바꾸는 일은 우리의 눈물과 웃음이 같은 색이라는 사실을 알고 함께 외칠 말이 있다는 현실을 깨닫는 데서 시작한다.

셋, 둘, 하나
그리고 제주 바다

정혜윤

《여행, 혹은 여행처럼》

난다

2011

처음에는 나 혼자였다. 제주도 어느 버스 정류장에 우두커니 앉아 있는데 한 여자가 다가와 자기는 중국인이라며 만장굴이 어디냐고 물었다. 버스를 타고 여행하는 그 사람은 걱정이 많았다. 몇번 버스를 타야 하고 요금은 얼마를 내야 하는지 잘 몰랐다. 숙소에서 알려준 행선지라며 만장굴과 섭지코지라고 쓴 종잇조각을 꼭 움켜쥐고 있었다. 도시를 떠나고 싶어 충동적으로 제주에 간 나는 딱히 갈 데가 없어 한참을 그냥 앉아 있던 참이었다. 그녀를 따라 버스에 올랐다. 가이드가 생겼다며 그 사람이 좋아했지만 좋아할 사람은 나였다. 둘이 됐다.

만장굴 정류장에 내렸는데, 굴은 한참 멀단다. 그때 한 여자가 버스를 갈아타려다가 놓쳤다며 이쪽으로 되돌아왔다. 셋이 됐다. 우리는 함께 택시를 탔다. 중국 여자의 이름은 리지안, 또 다른 여자의 이름은 지은이었다. 굴속에서 리지안은 열심히 사진을 찍었다. 가족들에게 보여줄 거라고 했다. 나보고 왜 사진을 찍지 않는지 물었다. 기억에만 남기면 된다고 대답했는데, 다시 또 묻길래 혼자 산다고 대충

얼버무렸다. 꽤 처량하게 들렸는지 리지안은 자기 사진기로 나를 찍어주겠다고 열심히 권했다. 지은은 야무졌다. 셀카봉을 준비해와 혼자 손가락 브이까지 하며 사진을 찍었다. 행선지를 표로 다 그리고 버스 노선과 시간, 택시비, 거리까지 꼼꼼히 적은 노트를 들고 있었다.

굴에서 나오자 리지안은 다음 행선지로 어떻게 갈지 걱정하고, 나는 어디로 가야 할지 몰랐다. 우리는 지은의 다음 행선지로 함께 떠났다. 메이저랜드였다. 인공 미로 속에서 리지안은 손가락으로 풍경을 가리킨다. 하늘과 나무와 눈과 돌담이 나란히 색띠를 풀어놓은 듯 눈앞에 펼쳐졌다. 우리는 그 앞에 서 있었다.

리지안은 열심히 내 사진을 찍어주고, 지은은 우리를 잃어버리지나 않을까 연신 뒤돌아봤다. 나무에 매달린 작은 종이 나오자 지은과 리지안은 번갈아 치며 나보고도 쳐보라 한다. 고개를 젖히고 종을 치는데, 음색이 뜻밖에 차갑고 맑아 나도 모르게 활짝 웃었다. 그때 리지안이 사진을 찰칵 찍었다. 호의로 새겨진 한순간이다. 우리는 함께 비빔밥을 먹었다.

리지안은 이제 섭지코지로 가겠다고 했다. 차도 없는데 들쭉날쭉하게 정한 코스라니. 날씨가 나빠 바닷가 바람이 거세다고 말렸지만 리지안은 확고했다. 버스가 근처에 안 가 택시를 타야 한다고, 차라리 우리하고 함께 움직이자고 말해도 듣지를 않았다.

"여행에서는 자기가 보고 싶은 걸 봐야 해요."

지은은 리지안에게 가는 방법을 꼼꼼히 적어주고 섭지코지의 발음기호까지 써줬다. 못 가고 돌아오더라도 그 길을 가보고 싶다고 리지안이 무심코 말했다. 나는 그 말이 멋있다고 생각했다. 가고 싶은 길이라는 건 그런 것이다.

둘이 됐다. 지은과 나는 비자림에 갔다. 지은은 20대 초반으로 첫 직장에 다니는데, 신년 휴가를 오고 싶어 크리스마스 때도 쉬지 않고 일했다고 한다. 벼르고 별러 온 휴가인데 첫날 눈이 내려 산굼부리도 못 가고, 성산항에서 배는 묶이고, 에코랜드에서 기차가 멈췄다. 둘째 날인 오늘은 정말 신나야 한다. 내일이면 떠나야 하기 때문이다. 지은은 한순간도 허투루 쓰고 싶지 않아 열심히 계획을 짰고, 이번 여행의 주제는 '푸른색 보기'라고 했다. 여행의 주제라니…….

"이렇게 힘들게 여행을 왔는데 앙상한 나무만 보는 건 너무 안됐잖아요. 숲의 푸른색을 보면 힘이 날 것 같아 일정을 그렇게 짰어요. 종달리에서 묵었는데, 당근밭이 온통 푸르렀어요. 그 색이 얼마나 예쁜지 몰라요. 당근 케이크도 처음 먹었는데, 맛있었고요."

지은은 환한 얼굴로 열심히 숲길을 걸어간다. 천 년이 다 된 큰 비자나무 앞에 멈춰 서서 말했다.

"이렇게 줄기가 하늘로 뻗은 나무는 뿌리도 그만큼이나 땅속에 같은 모양으로 퍼져 있겠죠? 우리 발밑에도 그 뿌리가 지나가겠죠?"

맑고 생기 있는 감성이 바람이나 햇볕처럼 좋았다.

맛있는 것도 먹을 참이다. 전복 돌솥밥을 먹겠다고 거친 바닷가를 걸었다. 바람이 세차 모자는 벗겨져 날아가고 시퍼런 바다가 무섭게 출렁이는데, 기를 쓰고 걸어가며 우리는 큰 소리로 깔깔댔다. 한 그릇 따뜻한 밥을 먹으러 아무도 없는 바닷가를 함께 비틀거리며 걸어가는 일이 이렇게 신나고 즐거울 줄이야. 갈증에 물을 벌컥벌컥 들이켜듯, 멈춰 있던 심장의 나뭇가지 같은 혈관에 푸른 수액이 돌듯 가슴이 펄떡였다. 살아서 즐거운 한때가 마른 땅 위에 반짝이며 튀어 오르기 시작했다. 비로소 나는 여행을 하고 싶어졌다.

"여행의 순간은 영혼을 만들어준다, 여행은 자신을 비워가며 새로운 세계를 비춰준다."

《여행, 그리고 여행처럼》은 사람들의 여행이 어떻게 시작됐는지 묻고, 여행처럼 살아가는 삶의 의미를 찾는다. "우리는 맘속 환상에서 나온 것과 현실에서 나온 것을 통일시켜야 할 줄 알고, 내가 왜 거기 있지 않고 여기 있는가에 답할 줄 알고, 어떻게 해야 내가 더 앞으로 나아갈 수 있는지, 그러면서도 아직 어린아이의 마음 같았던 그 꿈결 같은 시절로 돌아갈 수 있는지 길을 찾아야만 하기 때문이다."

여행에서 본 풍경은 가슴에 남는다. 해 질 무렵 환하게 떠올라 보이던 겨울의 푸른 밭, 해변에 목마르게 서서 기다리던 흐린 날 숨은 일출, 행선지를 초조하게 찾아가던 낯선 여행객, 그날의 바람과 태양이 만든 검푸른 바다, 아이가 웃으며 꺾던 풀꽃 한 송이, 해변 모래밭에 그린 커다란 하트, '사랑해'나 '행복해'처럼 굳세고 여린 말들, 그 무수한 끄덕임들 앞에서 내딛던 걸음. "돌을 던지면 공중에서 먼지가 되던 날도 오늘은 아프지 않다. 아프지 않다고 물방울이 얼굴에 부딪혀온다. 골목으로 물고기들이 꽃잎처럼 헤엄쳐 갔다"(이승희, 〈다시 비를 맞는 저녁〉, 《거짓말처럼 맨드라미가》, 2012).

계산되지 않고 환원되지 않는 여행의 순간이 일상의 부대낌 속에 주저앉아 있던 나를 일으켜 세우고, 새 친구를 만나게 하며, 전에는 모르던 새로운 길로 떠나게 한다. 이 모퉁이를 돌면 어떤 두근두근한 풍경이 다가올지 나는 아직 모른다.

바람 부는 자리에서
여성들의 글쓰기

정상순

《시골생활》

문학과지성사

2015

어디에서 보는지에 따라 다른 풍경이 보인다. 어디에서 쓰는지에 따라 다른 글을 쓸 수 있다. 바람이 숭숭 들어오는 자리라면 어떨까. 빨랫줄에 널려 있던 형형색색의 마음들이 빠짐없이 바람에 펄럭이는 자리라면 어떨까. 너는 나고, 너는 내가 아니고, 너는 나여야 하고, 너는 내가 아니어야 한다고 반듯이 개켜 서랍장에 꼭꼭 넣어둔 마음들이 모두 풀썩 어깨춤을 추며 제각기 펄럭댄다면 어떨까. 그러면 더 자유로워질 것이다. 더 관대해질 것이다. 결코 선하지 않은 세상을, 그렇다고 악하기만 하지도 않은 세상을, 나를 사랑하지 않는 사람들을, 그렇다고 내게 무관심한 것도 아닌 사람들을 웃으며 마주할 수 있을 것이다. 문득 막막해져도 혼자일 수는 없게 될 것이다.

지리산에서 글 쓰는 여자들이 만든 잡지 《지글스》는 스스로 '생활밀착형 B급 교양문예지'라고 일컫는다. 비급이어서 할 수 있는 말들이 있다. 책에는 여자들이 농사짓는 이야기도 있고, 풍물 하며 노는 이야기도 있다. 마음 공부 해야 한다고 점잖게 다독거리는 글과 새를 관찰한 시시콜콜한 글이 함께 있다. 경운기 앞에서 남녀가 춤추고 들판에 누워 여자들끼리 눈짓 주고받는 사진들도 실려 있다. 남몰래 끼적인 소설도 거리낌없이 싣고 '식겁할 만한 야한' 이야기도, 마을의 가부장 문화를 비판하는 글도 싣는다. '창작을 꿈꾸는 여자들'의 '열망을 깨우는 사랑의 씨앗'이 되기를 바라는 글들이 한자리에 모였다.

또 다른 책 《시골생활》은 지글스의 멤버인 정상순이 지리산에서 살아가는 사람들과 마을 이야기를 기록했다. '지리산 이음'이 하는 커뮤니티 조사 사업의 하나로 기획됐는데, 지리산 권역의 공동체 활동을 보여준다. 인위적인 지역 경계를 넘어 지리산을 매개로 사람들이 어떻게 만나고 문화를 일궈냈는지 잘 보여준다. 전라남도 구례의 군민극단, 협동농장 '땅 없는 사람들', 공간협동조합 '쩨깐한 다락방', 전라북도 남원의 '지글스', 마을 놀이패 '산내 놀이단', 《산내마을신문》, 지리산문화공간 '토닥', 시골살이 학교, 인드라망 사회연대 쉼터, 살래청춘식당 등의 이야기가 담겨 있다. 지역에서 계속 살아가려 노력하는 청년들, 울타리를 넘어 함께 살아갈 터전을 만드는 여성들, '전문' 예술의 경계를 넘어 삶에 뿌리박은 새로운 시도를 하는 예술가들, 공간과 땅이 만들 수 있는 새로운 관계에 주목하는 사람들이 이야기의 주인공이다.

정상순은 서른이 넘어 지리산에 귀농했다. 마을 활동을 지켜보고 직접 참여하기도 했다. "이 책은 고집스러운 활자들의 천국이 아니라 지역에서 또 다른 삶을 꿈꾸는 누군가의 소박하고 순결한 메모장이 되기를 소망한다." 서문에서 이렇게 밝힌 대로 실패담도 있고 좌충우돌하는 이야기도 담겼다. 새로운 것을 두려워하지 않고 시작하는 모습이 인상 깊었다. 배운다는 것은 열려 있는 것이고, 다양한 것들이 살아 움직이는 것이고, 판단을 유보하는 것이다.

덜컹거리는 버스를 타고 13년 전 낯선 지리산으로 이사 오면서 웃었는지 울었을지 모를 기억은, 그다음 삶의 정답을 재단하지 않고 열어둔 덕에 만날 수 있던 시간 속에서 새롭게 떠오른다. "아마추어 리즘에 동의한 것도 아니요, 전문 글쓰기 집단을 표방한 일도 없는 《지글스》에 대한 내 줄타기는 계속됐다. 조금 발전적인, 어쩌면 세속 적인 글쓰기를 하고 싶다는 개인적인 욕망과 나의 글과 타인의 글이 병렬로 이어져 있을 뿐 서로에게 아무런 영향을 끼치지 못하고 있다 는 무력감도 한몫을 했다. …… 어느 날, 비 갠 뒤 문득 다가오는 능 선처럼 선명하고 분명하게 마음속으로 걸어 들어오는 무엇이 있었 다. '이것은 여자들의 글쓰기다.'"

시인 김혜순은 《여성이 글을 쓴다는 것은》(2002)에서 말했다. "우 리는 우리의 빈 곳 때문에 살아갈 수 있다. 만약 너와 나 사이의 빈 곳이 없다면 우리는 살아갈 수 없다."

문자 기록이 아니라 구술 연행으로서 〈바리데기〉가 지닌 여성적 텍스트의 특징에 주목한다. 여성적 공간으로서 빈 곳은 가부장제라 는 남성 중심주의가 깨어지고 만물의 동일성이 흔들리는 곳이다. 죽 었기 때문에 여전히 살아 있고, 버려진 아이가 버려진 아이를 기른 다. 자기만의 공간이 없었기 때문에 환상적 공간을 무대로 삼아 천 당과 지옥을 자기들이 겪는 일상 세계하고 다름없이 그려놓은 오랜 노래, 신화를 통해야 비로소 말문이 열려 이야기를 시작할 수 있던, 그만큼 현실에서 정처 없던 여성의 목소리들.

강요하지 않아서 살아난 비급 이야기들은 그것 자체로 숨을 쉬면서 독자의 기억에 성큼 다가와 꽉 잠긴 자물쇠를 거침없이 덜그럭거리게 한다. 잘 말하지 않아도 된다면 누구나 말하고 싶을 것이다. 비난받지 않는다면 누구나 자기 치부를 한 번쯤은 드러내고 싶을 것이다. 그 어느 것 하나만 '내'가 아니어도 된다면, '나'는 무수한 목소리들로 제각기 노래하고 싶을 것이다. 정답을 강요하지 않는 이들의 어수룩한 웃음 때문일 테고, 얼마든지 실패해도 된다는 안도감 때문일 것이다.

여자들에게는 그런 글쓰기가 필요하다. 어떤 장르가 아니라, 아름다운 문체가 아니라, 마음 놓고 숨을 몰아쉴 수 있는 자리, 마음껏 웃고 울어도 되는 자리가 아직도 여전히 필요하다. 어깨에 힘을 뺀 채 바람을 맞고 서면 몸안에 쪼그라들어 숨넘어가던 말들이 물고기의 부레처럼 부풀어 숨을 토해낼 것이다. 사라지는 것은 없으므로 흔적만 남아 있던 얼룩 같은 이야기들도 선명한 색깔을 뽐으려고 꿈틀댈 것이다. 그때 알게 될 것이다. 당신이 얼마나 아팠는지, 움츠러들었는지, 아무것도 아닌 채로 용케 살아왔는지.

말들은 바람개비처럼 앞으로 달려가고 말들의 풀무질로 여자들은 또다시 일어난다. 바람이 성글게 만드는 관절과 이음새의 마디마디로 삐꺽거리며 또 다른 노래가 흘러나올 참이므로. '다채로운 여성들의 삶이 어우러져 하나의 멋진 작품이 되는' 글들을 여자들은 새롭게 꿈꾼다.

2부 **경계의
문턱
너머**

경계에 다다른 때
읽는 시

에이드리언 리치

《문턱 너머 저편》

문학과 지성사

2011

어떤 일이 생기면 그 무궁무진한 경험으로 들어가 탐험하기보다는 관련된 책을 읽고 이해하려 하는 것이 오랜 버릇이었다. 책에 쓰인 분석을 경탄하며 받아들이는 바람에 내가 정작 어떤 경험을 했는지 까먹고 만다는 건 단점이다. 나중에 내가 어떤 사람인지 고심한 끝에 파헤친 결과가 말라비틀어진 보잘것없는 씨앗 같은 모습인 걸 보고는 경악할 때도 있다.

책은 술술 읽기보다 고군분투하며 읽는 편이었다. 시간이 여의치 않거나 이해력이 부족한 상황에서 마치 그게 나를 찾는 유일한 길인 양 기를 쓰고 읽어댔다. 갓난아기를 포대기에 둘러업고 종일 서성거리며 책을 읽었다. 일상 말고 다른 세계가 필요했다. 저 문을 열고 밖에 나가지 못하는 대신 나를 이곳에서 떠나게 해줄 뭔가가 필요했다.

엄마 노릇에 탈진해 쓰러져 응급실에 실려 가던 날 아침에도 나는 책을 읽고 있었다. 하고 싶은 말을 울타리 넘듯 써내려간 글들이 보고 싶었다. 그래서 어떤 사람을 만났고 어떤 일이 벌어졌는지보다 그때 어떤 책을 읽었고 그 책 내용이 어땠는지를 나는 더 생생하게 기억한다.

애인을 기다리며 지하철역에서 읽은 책, 아픈 아이를 밤새 돌보면서 읽은 책, 어떤 사람하고 헤어진 뒤에 읽은 책 따위가 더 기억에 남았다. 그렇게 책은 현실에서 겪는 실망을 감춰줬고 보고 싶지 않은 모습을 덮어줬다. 그래서 해결해야 할 문제는 놓아두고 책만 파고든 내 모습이 후회스러울 때가 있다. 세상을 단어로 보고 단어를 세상으로 해석하느라 내가 놓쳐버린 형형한 색깔의 세상을 뒤늦게 그리워한다.

뜻밖의 헤어짐을 겪은 뒤 내가 가진 모든 것을 버려도 아깝지 않은 허전한 마음이 됐을 때 어느 서점 책꽂이 앞에 서서 묻는다. 나는 다시 책을 읽을 수 있을까? 책이 세상이라고 믿은 순진한 그때처럼 또다시 책을 읽을 수 있을까? 그때 눈에 들어온 책이 《문턱 너머 저편》이었다.

제목이 마음에 와 닿았다. 여자로 산 시인이 '문턱 너머 저편'을 말할 때 여자로 사는 독자들은 그게 어떤 의미인지 공명하지 않을까? 나는 그 시집을 소중한 마음으로 샀다. 내가 사는 첫 책이라고 느끼며 샀다. 마음이 아물 수 있기를, 세상이 의미가 있는 것이라고 말해주기를, 혼자가 아니라 앞으로 함께 가야 할 길이 있다고 말해주기를 바랐다.

그 책에서 〈장래의 이민자들이여, 부디 주목하십시오〉라는 시를 만났다.

당신은
이 문을 통과하든지
못하든지 할 것입니다.

만약 당신이 통과하더라도
당신의 이름을 기억하는
위험을 언제나 각오하십시오.

모든 것이 당신을 이중적으로 쳐다볼 것입니다
그러면 당신은 뒤를 돌아보고
그런 일이 일어나도록 내버려두십시오.

만일 당신이 통과하지 못하더라도
가치 있게 사는 것이
가능합니다

당신의 태도를 유지하면서
당신의 지위를 유지하면서
용감하게 죽는 것도요

하지만 많은 것이 당신을 장님으로 만들 것입니다.
많은 것이 당신을 스쳐 지나갈 것입니다.
어떤 비용을 치를지 누가 알겠습니까?

문 자체는
어떤 약속도 해주지 않습니다.
그것은 단지 문일 뿐이니까요.

    나는 시인이 맞닥뜨린 문을 만났고, 경계에서 사유하며 그 문을 넘는 시인을 만났다. 어떤 값비싼 비용을 치르든 두려워하지 않고 정직하고 사려 깊은 목소리로, 가슴속 깊은 울림의 목소리로 시인은 말했다.

    유대인 레즈비언 페미니스트 시인으로서 시인은 공동의 언어와 연대의 가능성을 꿈꿨다. 미국의 제국주의와 물질 만능주의를 비판하면서 가부장 사회에 묻혀버린 여성들의 구체적인 목소리를 발굴하려 했다. 성, 인종, 계급에 따른 차별과 폭력에 맞서며 인도주의와 양성성을 생각했다. 예술은 이런저런 경계를 넘어 전달되고, 이방인을 인식하게 해주는, 만남의 광장을 모색하게 하는 실제적 차원이 있다고 썼다.

    경계에 다다른 때, 탈바꿈하듯 결단을 내려야 할 때, 공동의 언어를 소망할 때 에이드리언 리치가 쓴 시를 읽게 된다. 여성에게 덧씌워진 굴레를 스스로 체험한 여성이고, 문을 나온 여성이며, 새로운 공동체를 꿈꾸고 세계의 가장자리에서 길을 내기로 선택한 여성이었다.

    '양파를 썰어 담는 그릇 속에 떨어지는 오래된 눈물'을 마주한 이고, '싱크대에서 커피포트를 쿵쾅쿵쾅' 씻을 때 '스스로 돌봐, 네가 다른 사람들을 구해줄 순 없어'라는 천사의 꾸짖는 목소리를 듣는 여성이었다.

우는 아이 앞에서 '엄마가, 난 아닌가봐, 그저 여자, 그리고 악몽 인가 봐'라며 공포에 맥이 풀리는 여성이었고, '생각하는 여자는 괴 물과 함께 잠을 자'며 '예술가가 되고 싶어해'며 세상으로 나아가 세 상을 바꾸고 싶어한다는 사실을 잊지 않은 여성이었다.

《문턱 너머 저편》의 원제는 'The Fact of a Doorframe'이다. 문 턱이 나무를 잘라 만들어지듯 시도 가장 보편적인 삶의 소재에서 잘 려 나와야 하며, 시의 본질이란 연결하려는 욕망이라고 했다. 문턱을 꽉 잡고 명징하게 세상을 보려 하며, 압제자의 언어나 오염된 언어를 해체해 비어 있고 순수한 것으로 언어를, 세상을 재구성하려는 강한 의지가 시에 담겨 있다. '우리의 일부는 늘 우리 자신 너머에 있기' 때 문에, 있는 그대로 세상을 인식하려고 삶에서 나온 언어를 붙들고 몸부림을 친다.

책을 읽을 때 가장 고통스러운 것은 그 모든 것을 무릅쓴 채 희 망을 말하는 목소리고, 그 목소리는 또한 책을 읽는 이유가 된다. 그 래서 책은 도달하지 않은 꿈에 관한 이야기고, 이미 만들어진 아름 다운 세상에 관한 이야기다.

에이드리언 리치가 말하는 대로 우리는 우리 자신의 아직 쓰이 지 않은 삶이, 결말 너머에 놓여 있다는 사실을 알고 있다. 그래서 '우리는 분명한 경계를 사랑하지만, 경계선이 희미해지는 곳에서만 배울 수 있다.'

'고통에 재갈을 물리고 치유되지 않고 애도되지도 않는 세상에서' 우리는 아프지만, 타인이 살아가는 세상의 고통에 연결되면서 자기 상처도 비로소 온전히 받아들일 수 있다.

이혼할까?
결혼할까?

노하라 히로코	마스다 미리
《이혼해도 될까요?》	《결혼하지 않아도 괜찮을까?》
자음과 모음	이봄
2015	2012

주말에 친구 집에 놀러 갔다. 그런데 제대로 이야기 나눌 시간이 없었다. 친구는 아이가 둘이다. 집을 청소하고, 낮잠에서 깬 아이를 어르고, 똥 싼 아이를 씻기고, 저녁 밥을 준비하고, 설거지하고, 아이들을 재운 뒤에야 친구는 나를 마주할 시간을 얻었다. 그동안 내 말상대가 돼준 이는 친구 남편이었다. 직장에서 잘나간다는 소리를 자랑삼아 하고, 요즘 취미로 무얼 배우는지 얘기하고, 자기보다 못하다고 여겨지는 내 형편을 짐짓 걱정하고, 편하게 쉬다 가라는 인사치레까지 했다.

아이들이 갓 잠든 깜깜한 방에 도둑고양이처럼 살그머니 들어가 친구 옆에 누웠다. 친구가 말했다. "왜 결혼해서 살라고들 하는 걸까? 남자랑 여자가 함께 사는 게 정말 견디기 어려운 일인데, 왜 결혼해 사는 게 보통의 삶이고, 자연스러운 일이라고 여기는 걸까? 여자들이 재생산 노동을 다 해야 하니까 그렇게 만드는 건가 봐."

말의 뜻을 바로 느끼게 되는 경우가 있다. 그때가 그랬다. 힘이 빠진 목소리 앞에서 나는 '이런 생활이 정말 견디기 어려운 일'이라는 말에 공감했다. 청소할 때 친구는 혼자였고 빨래를 갤 때도 혼자였고 똥 범벅이 된 아이를 씻길 때도 혼자였다. 국을 끓이고 밥을 안칠 때 책을 보고 있던 남편은, 다리에 엉겨 붙는 아이들이 성가셔 애들 좀 봐달라고 친구가 소리치자 알겠다고 건성으로 대답했다. 나는 덩달아 허겁지겁 빨래를 널고 어질러진 물건을 치우고 아이들 간식을 챙겼다.

가사를 함께하지 않고 육아에서 면제된 사람, 그런 사람하고 함께 살면서 집안일을 하고 아이를 돌보는 시간은 얼마나 모멸감을 느끼게 하는가. '바깥에서 돈 버는' 아버지는 신문을 보고 '안에서 살림만 하는' 어머니는 밥상을 차리는 풍경은 얼마나 일그러지고 비현실적인가. 결혼 생활은 경제적 타산과 사회적 체면이 중심이 돼 끝없는 인내를 강요하는 제도 같다.

가정은 대체로 행복한 풍경으로 포장되지만, 때로 소외감이 커지고 상대를 향한 비난과 열패감이 생겨나기도 한다. 가족을 불평하는 행동은 '자기 얼굴에 침 뱉기'라며 쉬쉬하지만, 가족 구성원은 제각기 다른 얼굴을 하고 다른 위치에 있으므로 '자기 얼굴'이라고 뭉뚱그려 표현되는 말 자체가 가족 구성원들의 다양한 말을 막는 이데올로기적 표현이다. 할 말을 참는 쪽은 대개 성별과 나이에 따라 정해져 있다. 가족 안에서 어떤 일이 일어나는지 정확히 알아채는 쪽도 대부분 침묵당하는 이들이다.

왜 이혼했냐고 묻는 사람은 많지만 왜 결혼했냐고는 잘 묻지 않는다. 어떻게 이혼을 결심했냐고 색다른 사건인 양 캐묻기는 해도 대뜸 결혼 생활을 왜 유지하느냐는 질문을 받는 일은 생각해본 적도 없다. 그래서 여성들은 결혼 제도에서 벗어나기를 고민하게 된다. 언제나 질문을 받는 쪽이 되는 것, 똑같이 되물을 수 없는 것, 온 힘을 다해 자기를 설명하고 방어해도 끊임없이 편견의 시선 아래 놓이는 것, 결혼 제도를 유지하게 하는 힘은 그런 것이다. 결혼을 유지하는 이유는 이혼을 하는 이유하고 결국 같다.

여성은 경제적 자원을 차지하는 과정에서 불평등한 위치에 있으며, 일과 양육을 함께할 때 사회적 지원이 제대로 되지 않는 상황을 경험한다. 남자와의 관계로 설명되지 않는 여성은 결핍되고 비정상적인 존재로 여겨지며, 구태의연한 가부장제 문화 속에서 편견과 폭력의 대상이 된다. 결혼한 사람과 하지 않은 사람으로 여성들을 구획해 사회에 편입된 안전한 사람인지 아닌지 가늠하려 한다. 결혼은 불안한 우리 삶에서 앞선 시대의 박제화한 이데올로기가 돼간다. 각자 경제적 생존을 책임져야 하는 절박한 때에 '결혼'이라는 분홍빛 환상은 억지 훈계에 지나지 않는다.

계급을 재생산하려고, 경제적 생존을 하려고, 양육할 권리를 지키려고, 낮아진 자존감을 벌충하려고, 아주 현실적인 계산 속에서 결혼은 유지된다. 그리고 유지되는 결혼은 묵묵하다. 침 뱉고 싶은 일이 한둘이 아니지만, 이 제도 안에 있다는 사실이 서로 다른 우리를 '우리 가족'으로 비치게 한다. 사실은 '우리 가족'이 있어서 타인이 생겨난다. 그 타인에게 자기가 한 결혼이 아름답게 비치기를 바란다. 자기보다 불행하게 사는 듯한 사람을 보면 자기 선택을 자화자찬하고, 자기보다 잘사는 듯한 사람을 보면 똑같은 밑천 가지고 자기는 왜 이것밖에 선택 못 했는지 속 끓이기도 하며, 자기하고 같은 조건에 있지 않은 사람은 정상이 아니라고 차별한다.

남들에게 평범하게 보이는 자기 일상이 마음을 얼마나 불편하고 불안하게 만들었는지는 말하지 않는다. 남들도 다 그렇게 산다고 여기기 때문이다. 언제나 그렇게 살아왔다고 여기기 때문이다. 살아남으려면 남들 하는 대로 따라 해야지, 금 밖에서 혼자 살 수 없는 노릇 아닌가. 이것이 문화기 때문이다. 불행의 독백은 거기에서 멈춘다.

그만두고 싶어도 그만둘 수 없는 찢긴 자리에서 질문이 생겨난다. 이혼해도 될까? 어쩌면 이혼이 그나마 탈출구로 여겨져 체증에 손가락 따뜻 묻고 또 묻는지 몰라도, 누가 대답할까. 이곳과 저곳은 다른 곳이라고. 후회할까? 가난과 차별과 배제는 어느 한쪽에만 있다고. 결혼 생활을 유지하게 한 두려움과 불안은 결혼 제도에서 벗어난 길 위 어느 곳에나 있을 것이다.

무엇이 자기를 괴롭히는지 직시하면 환상으로 자기기만하는 일은 더 없겠지. 남이 가르쳐준 말로 자기 고통을 재단하고, 무엇 때문에 아픈지 몰라 전전긍긍하는 시간만큼 힘든 일은 없으니까. 아프면 안 된다고, 남들은 괜찮다는데 왜 너만 아프다고 하냐고 채찍질하는 짓만큼 안쓰러운 일은 없으니까. 자기 언어로 세상을 보는 것, 비혼이니 결혼이니 이혼이니 하는 말로 사람을 규정하지 않고 있는 그대로 보고 이해하는 것은 외롭지만 정직한 자리다. 사랑받을 수도 없고 사랑할 수도 없는 자리지만, 그 자리에서는 세상이 스스로 유지하려고 가동하는 차별 지점이 뚜렷이 보인다.

노하라 히로코가 그린 만화 《이혼해도 될까요?》를 읽으며 나는 마스다 미리의 《결혼하지 않아도 괜찮을까?》를 떠올렸다. 《이혼해도 될까요?》는 결혼 생활 9년째인 시호가 직장과 가정 사이에서 지쳐가며 마음속으로 이혼을 갈망하는 이야기고, 《결혼하지 않아도 괜찮을까?》는 비혼 여성 수짱이 단조로운 일상과 불안한 미래 속에서 때때로 결혼을 생각하는 이야기다.

슈퍼마켓 판매원으로 일하는 시호는 퇴근한 남편에게 파트타임 말고 제대로 된 일을 하라는 폭언을 듣고 생각한다. '내가 좀 제대로 된 일로 돈을 벌고 있다면 진작에 결심했을걸.' 카페에서 일하는 수짱은 13년째 연애도 하지 않고 '미래가 보이지 않는데 하루하루 이 따위 말만 하면서' 의지할 데 없이 나이가 드는 자기를 불안해한다. 시호는 남편한테 맞고 불안에 떤다. 몇 발자국만 더 가면 탈출할 수 있다고 생각하다가 다시 아이들을 안고 집에 머문다. 앞으로 몇 년이나 더 참아야 할까 웅얼대며 '얼굴에는 미소, 마음속은 통곡'을 한다. 수짱은 마음에 둔 상사가 다른 여직원하고 결혼하는 모습을 부럽고 안타까운 마음으로 지켜보면서 자기는 언제까지 이렇게 카페에서 일해야 하냐며 한숨을 쉰다. 시호는 가족의 손을 잡고 돌아오는 길에 별을 보고 기도한다. '사람은 간단히 변하지 않아. 언젠가 반드시 이혼할 수 있기를.' 수짱은 속으로 되뇐다. '결혼하지 않고 나이가 들어도 혼자 살아갈 수 있을까? 결혼할 수 있을까? 결혼해야만 할까?'

결혼하지 않고 경제적으로 자립할 수 있을지, 결혼하고도 자기 일을 지킬 수 있을지, 결혼하지 않고 외롭지 않게 지낼 수 있을지, 결혼하고도 모멸을 겪지 않고 함께 살아갈 수 있을지, 결혼하지 않고 불안하지 않을 수 있을지, 결혼하고도 두렵지 않을 수 있을지, 시호와 수짱은 다른 자리에서 같은 독백을 한다.

　누구는 더 가진 듯하고 누구는 어리석어 보여도, 이 사람들은 앞치마를 두르고 슈퍼마켓이나 카페에서 머리 숙여 일하고, 일터나 집에서 편견에 찬 말에 가슴 아파하며, 눈물 고일 때마다 벌떡 일어나 울면 안 된다고 다짐하는 여자다. 이곳이 아닌 저곳의 가능성을 그려보는 질문들에, 너와 나는 다르다고 굳이 선 긋는 일은 가혹하다. 너와 나는 다르게 살고 있지만, 너와 나는 또한 충분히 닮았다고, 시호와 수짱도 우연히 서로 만나게 되면 외딴 격려를 나눌지 모른다.

차가운 시술대 위,
유일하게 따뜻한 것

배은경

《현대 한국의 인간 재생산》

시간여행

2012

칠 남매 중 한 명으로 태어나거나 삼 남매 중 한 명으로 태어나거나 외동아이로 태어나는 일은 개인의 선택이 아니다. 어떤 시대에는 집집이 형제자매가 여럿이고, 어떤 시대에는 한두 명을 낳는 선택이 상식이 된다. 왜 그럴까? "당연히 그런 거지." "뭘 그런 걸 물어?" "결혼하면 다 그래." 얼렁뚱땅 넘기는 경우가 태반인 여성의 삶에 《현대 한국의 인간 재생산》은 문제를 제기하고 답을 한다. 성관계, 피임, 임신, 출산 같은 사적 영역의 역사성을 드러내 분석한다. 한 문장 사이에 여러 얼굴과 기억이 스쳐간다.

'둘도 많다', '잘 키운 딸 하나 열 아들 안 부럽다'는 포스터가 어린 시절 곳곳에서 눈에 띄었다. '하나씩만 낳아도 삼천리는 초만원'이라는 표어도 있었다. 셋째를 낳으면 손해를 봤다. 주택 입주나 보험 혜택에서 제외하는 차별 정책을 펼쳤다. 그래서 셋째를 '낙태'한 한 여자의 목소리에는 슬픔이 담겼다. 길에서 자기를 닮은 젊은이를 보면 수술한 막내가 아닌가 싶어 나이를 꼽아보게 된단다.

가족계획 사업은 여자들끼리 쉬쉬하며 은밀히 털어놓는 기억이다. 영화 〈자, 이제 댄스타임〉(조세영 감독, 2013)의 첫 장면에서 여자들이 둘러앉아 중절 수술 얘기를 한다. 이웃에 사는 이도 수술을 여러 번 했다고 수군거린다. 이런 일은 역사로 기록이 안 된다. 내가 옆집 할머니에게 어떻게 피임을 했냐고 슬쩍 물어보니 나라에서 루프를 해줬다고 했다. 가임기가 지나 루프를 빼내는 시술을 할 때는 그동안 잘했다며 의사가 엉덩이를 철썩 두드리더라고 했다.

가족계획 사업은 국가 사업이다. 많은 예산과 인력이 집중 투입됐다. 박정희 정권은 경제가 성장하려면 인구가 늘어서는 안 된다고 판단했고, 냉전 시대의 미국은 제3세계 인구가 늘면 정치적으로 위험하다고 여겼다. 한국 여성들은 원조받은 루프를 대대적으로 시술받고 피임약을 꼬박꼬박 먹어야 했다. 미국 국제가족계획연맹은 먹는 피임약 노리닐 10만 사이클을 한국여자의사회에 전달해 병원에서 뿌리게 했고, 연이어 불임 수술 장비를 제공해 무료 시술을 하게 했다. 사업은 '돌진적이고 폭력적'이었다. 군대식으로 진행된 사업은 할당량과 실적 수를 앞세웠고, 임상 시험이 끝나지 않고 부작용이 있는 신제품을 시술하기도 했다. 행정 기관과 보건소에는 '가족계획 요원'이 있어 출산 조절 보급 활동을 했다. 사업의 표적 집단이 여성이어서 이 요원들 또한 모두 여성이었다.

근대화된 조국을 만들 수 있는 사람들의 모습은 '핵가족'으로 상정됐다. 여성들이 '근대적 어머니'로서 자녀 양육과 교육에 집중하라고 요구받은 때도 이 무렵이었다. 가족계획 사업을 이해하는 과정은 한국의 현대적 모성을 이해하는 과정이다. 아이를 몇 명 낳을지, 어떻게 피임을 할지, 어떨 때 인공 유산을 할지, 언제 성관계를 할지 국가가 개입하고 통제했다. 냉전과 반공주의 시대에 그런 정책은 정치적 문제였고, 여성의 몸을 소외시키는 투입과 산출의 공식이 됐다. 미국은 이런 정책을 적극 지지하며 재원을 대고 방향을 제시했다. 농촌 여성들은 제대로 된 설명을 듣지 못한 채 '부끄러움과 무서움을 참아가며' 시술을 했고, 인공 피임의 부작용은 개인이 정신적으로 극복해야 하는 과제가 됐다. 자기와 가족, 국가를 위해 참으면 고통도 덜해진다는 선전이 있었다. 가족계획 사업은 인구 통제 정책의 하나로 추진됐고, 그런 취지 아래 1973년 '모자보건법'이 제정됐다.

여성들은 가족계획 사업을 기꺼이 따랐다. 여성들은 잘살고 싶었고, 신분 상승을 꿈꿨고, 가족의 지위를 높이고 싶었다. 농촌 여성들은 자녀 교육을 위해 출산을 조절했다. 국가 사업 안에서 모성은 기획되고, 선전되고, 도시 전업주부의 삶이 부러운 꿈으로 자리잡았다. 도구화한 가족계획 사업 속에서 여성은 가족 속의 '어머니'로 호명됐다. 어머니는 시대의 이데올로기가 됐고, 지금도 그렇다. 그래서 배은경은 결론에서 말한다. "국가가 우선적으로 해야 할 일은 가족 가치와 모성예찬의 선전이 아니라 개별 여성의 모성 경험이 소외되지 않을 수 있는 새로운 사회생활의 방식을 제도화해내는 작업일 것이다."

'한국의 인간 재생산'에 여자들은 할 말이 많았고, 보이지 않는 곳에서 늘 떠들썩하게 말해왔다. 명절날 부엌에서 며느리들이 주고받는 대화 중 으뜸은 '애 낳는 이야기'였다. 애 낳을 때 벌어진 일, 육체적 고통과 두려움, 차별적 언동에 속상하던 일(아들인지 딸인지, 며느리는 시집 사람인지 아닌지) 등을 얘기한다. 웃으며 얘기할 수 있는 이유는 자기도 자식을 낳아 집안에 자리가 잡혔다고 여기기 때문이다. 좀더 쉬쉬하는 이야기도 있다. 월경 주기법으로 피임하는 법, '배꼽 수술'(난관 절제술)을 해서 임신하지 않는 법, 몰래 한 중절 수술 같은 것들이다. 골방에서 소리 낮춰 통화하며 적은 지식이나마 나누고 궁리했다. 그리고 아예 꺼내지 않은 말들도 있다. 여성의 책임이 된 피임, 그마저 여성이 피임하면 '밝히는 여자'로 낙인을 찍고, 이러지도 저러지도 못하는 상황 속에서 번번이 일어나는 결혼 밖 임신과 '낙태'와 출산.

〈자, 이제 댄스타임〉에 낙태한 여성 인터뷰가 나온다. 차가운 시술 의자, 몸을 헤집는 차가운 수술 기구들, 다리 사이로 흘러나오는 피가 '유일하게 따뜻한 것'이라고 했다. 유일하게 따뜻한 것을 잃으면서 묵묵히 누워 있어야 하는 심정을 알까. 그게 어떤 경험인지 세상 사람들은 알까. 그 여성은 눈물을 흘렸다.

2010년에 실행된 임신 중절 수술은 16만 8738건으로 추정된다. 그해 미혼모는 16만 6000여 명이었다. 2010년까지 16만 4894명이 해외로 공식 입양됐다. 아이를 입양 보내고 울지 않으려 애쓰던 얼굴을 기억한다. 미혼모 쉼터에 성교육하러 가서, 고개를 쳐들고 천장을 휘휘 둘러보며 울먹이던 고등학생을 만났다. "우리 아기 다리가 길었어요, 아빠 닮아서……. 우리 아기는 4킬로그램이 넘었어요."

성교육을 제대로 받은 적 없고 콘돔 쓰자는 말을 차마 하지 못한 그 애는 쉼터에서 아이를 낳은 뒤 평생 비밀을 간직하라는 다그침 속에 집으로 돌아갔다. 그런 일을 겪은 것도, 그 일을 말할 수 없는 것도 그 여자들의 잘못이 아니다. 그래서 나는 이 책을 열심히 읽었다.

여성은 어떻게 가난해지는가

정재원

《숨겨진 빈곤》

푸른사상

2010

어느 싱글맘이 글쓰기 시간에 한 말이 떠오른다. "가난한 사람들은 돈만 없는 게 아니에요. 뜯어먹을 게 없으니 관계에서도 자꾸 소외돼요. 세상에는 나비가 될 수 있는 사람이 있고, 애벌레로 태어나 벌레로 살다 죽는 사람도 있어요. 저는 목소리를 내고 다르게 살고 싶어서 글쓰기를 배우고 있어요."

그 말이 오래 기억에 남았다. '뜯어먹을 게 없어서' 사람들이 가난한 이들을 멀리하지만, '가난'의 지표는 그런 소외까지 고려하지 않는다. 소득 없는 상태가 가난이고, 가난을 극복하려면 소득을 늘리거나 직업 교육을 하면 된다. 그렇지만 가난이 배제하는 것은 더욱 광범위하고 은밀하게 퍼져 있다. 마주치지 않는 시선에서, 너는 돈이 없다는 지나가는 말에서, 기다리게 되는 시간에서, 오지 않는 답장에서 가난은 만들어진다.

일하면 된다고 하지만, 아이를 키워야 하고, 가사노동을 전담해야 하며, 물려받은 자원이 없는 딸이고, 아내로서 부당한 처우를 감내해야 하는 등 일할 수 없는 요인들과 침묵 속에서 가난은 증식한다. 가난은 개인의 선택이 아니라 구조의 문제다. 구조의 문제라는 말은 많은 여성이 가난해지고 있고, 더 많은 가난한 여성이 만들어지도록 이 사회가 작동한다는 뜻이다.

《숨겨진 빈곤》은 이런 현실을 지적한다. 가난한 여성들은 '가장'이 없어서 가난한 게 아니다. 성별 분업 규범은 중산층의 가족 규범에 지나지 않는다. 저소득층 여성들은 가족의 생계를 책임지고, '정상 가족'을 유지하느라 남편의 폭력을 견딘다. "남성 생계 부양자 규범 때문에 여성들은 빈곤에 취약하게 되고 이들의 이야기는 가시화되지 않았다. 성 역할 규범과 모성 규범, 정상가족 규범 등 가족을 중심으로 작동되는 규범들은 빈곤의 여성화라는 결과를 초래하는 실질적인 차별 기제다. 여성이 가난하게 되는 것은 생애 과정에서 작동되는 차별의 누적 결과라 할 수 있다." 일자리만 있다고 여성이 가난에서 벗어날 수는 없다. 빈곤은 '가부장제 사회에서 여성이 어떠한 방식으로 남성과 관계 맺어왔는가를 보여주는 결과'기 때문에 다차원으로 이해해야 한다.

사람들은 미혼모를 철없거나 불운한 엄마, 그러니까 훈계하거나 동정하거나 거리 둘 사람들로 여기는 편견이 있어서, 그 여성들이 자기 곁에 있는 노동자라고 생각하지 않는다. 미혼모는 '엄마다운' 보살핌을 주고 양육의 책임을 다해야 한다는 압박을 느끼지만, 사회적 지원이 부족하고 미혼모라는 지위가 오히려 차별의 기제가 되는 상황에서 노동권은 더욱 위태로워졌다.

한 미혼모는 인터뷰에서 내게 얘기했다. "아이를 혼자 키워야 하니 어린이집 시간에 맞춰 시간제 일자리를 구하게 돼요. 주말에 일

못 하고, 돌봐주는 곳도 없고 또 아이가 아프면 어린이집에 못 가잖아요. 아이는 자주 아프고 일할 시간은 정해져 있고, 그렇게 맞춰 일하다 보면 최저 임금을 못 받아요. 아이가 어리면 어릴수록 모든 걸아이에게 맞춰야 하니까, 그게 힘들죠."

'좋은 어머니' 되기와 '좋은 생계 부양자' 되기는 다른 문제다. 사회적 배제 속에서 빈곤은 재생산한다. 가난한 여성은 사회적으로 고립되고, 자녀 양육의 책임을 나눌 길 없게 되며, 계속된 노동으로 건강을 잃을 위험이 크고, 노동 시장에서 제대로 된 일자리를 구하기힘들어 믿음과 자존감이 흔들리게 된다. 가난은 그렇게 만들어진다. 가부장적 가족, 성차별적 노동 시장과 남성 생계 부양자 규범, 모성규범, 정상 가족 규범, 성 역할 규범, 성 규범을 통해 사회적 배제는다차원으로 일어난다. 그러므로 일자리만 제공하면 가난에서 벗어날 수 있다는 말은 신화다. 물질적 지원 말고 보육, 교육, 의료, 심리분야의 지원이 필요하다. 지금 정부가 적극 개입하지 않고 있는 분야다. 여성이 빈곤해지지 않으려면 자원을 다양한 방식으로 조직해야하고, 여성들의 노동과 삶에 새로운 의미를 부여해야 하며, 젠더 관계를 재구성해야 한다. 아내, 어머니, 딸이라는 이른바 사적 영역 안에서 만들어진 정체성은 가장, 노동자, 시민이라는 새로운 정체성과부딪히고 갈등하며 바뀌게 된다. 일해야 하는 여성은 전업주부가 아니라 노동자로서, 국가와 사회를 상대로 직접 협상하고 요구해야 하는 시민으로서 자기 위치를 재조정해야 한다.

"여성의 빈곤 과정은 모성과 경제적 독립에 관한 사회적 관념과규범이 작동되는 과정이며, 노동과 모성에 대한 의사결정과 태도가 드러나는 과정이며, 취업경험과 직업 정체성 그리고 가족 정체성이 새롭게 구성되는 과정이다."

돈벌기와 아이 돌보기가 전혀 다른 일이라고 여기는 통념, 실체 없는 정상 가족이 가장 떳떳한 가족이라고 가정하는 독단은 여성 가구주의 가난을 만들어낸다. 중립인 듯 보이는 규범들은 현실에 존재하는 가난한 여성을 비가시적 존재로 추방한다. 여성들은 적응하고 선택하고 해석하고 저항한다. 계급과 노동과 가족. 여성들은 실제로 일어난 일이 무엇이고 자기가 지금 어떤 자리에 있는지 이해하고 행동하려 고군분투한다.

무기력과 우울과 분노는 개인이 극복할 심리적 문제가 아니라 사람이 놓인 위치 때문에 생겨나는 구조의 산물이다. 위치는 권력의 문제고, 권력의 작동 방식은 '배제의 메커니즘'이다. '불평등의 사회적 맥락'을 읽어내고 여성의 권력을 제약하는 '성별화한 권력 관계'에 문제를 제기하려면 여성의 목소리로 가난의 이야기를 들어야 한다. 그 시간을 어떻게 겪고, 어떻게 이해하며 살아냈는지 경청해야 한다.

빈곤을 만들어내는 체제는 우리가 꿈꾸는 안락한 삶이라는 환상 또한 만들어낸다. 그 환상의 이면 속에서 여성이 놓인 위치가 얼마나 불평등한지, 여성이 얼마나 그런 불평등을 견뎌내며 살아내는지, 얼마나 꿋꿋하고 위태롭게 자기 길을 걸어가는지 직시하지 않을 수 없다.

오르가슴을
느끼는 방법

베티 도슨

《네 방에 아마존을 키워라》

현실문화

2001

여자의 오르가슴처럼 말 많은 게 있을까. 느꼈는지 안 느꼈는지, 나는 정상인지 비정상인지 하는 은밀한 고민부터 성기의 어느 부분에서 느끼는 것이 바람직한지 학문적으로 논쟁하는 것까지 첨예하다.

서울국제여성영화제에서 미국 다큐멘터리 〈오르가슴 주식회사〉(리즈 캐너 감독, 2009)를 봤다. 감독이 카메라를 설치해놓고 나간 방에서 자위하는 여성의 얼굴이 인상적이었다. 자기 몸을 통해 즐겁고 행복해진 얼굴이었다.

여태까지 여자의 오르가슴은 관음의 대상이었다. 남성의 성적 지배를 관철하려고 통용되는 상업적 이미지였을 뿐, 여성 스스로 자기 몸을 긍정하고 오롯이 누리는 기쁨으로 여겨지지 않았다. 몸을 가지고 있다는 것, 몸의 어딘가를 만지면 즐거워진다는 것, 자기 몸을 알고 누리고 사랑하는 것은 상업적이고 가부장적인 문화에서 낯선 장면이다. 영화는 소문과 죄책감과 은밀함 속에 감춰야 하는 오르가슴의 표정이 얼마나 밝고 건강한지를 보여줬다.

영화의 부제는 '여성의 쾌락에 대한 이상한 과학'이다. 1998년 남성용 비아그라가 나온 뒤, 초국적 제약 회사들은 여성용 비아그라를 만들어 미국 식약의약품안전청에서 승인받으려 경쟁한다. 감독은 이익을 추구하는 자본의 마케팅에 따라 여성의 오르가슴을 다루는 의학적 통계와 사회적 담론이 날조되는 과정을 목격하고 기록한다.

여성들의 '반'은 오르가슴을 못 느끼는 질병을 앓는다는 근거 없는 보고서가 정상적 현실을 병적 현실로 바꾼다. 여성의 성과 욕망은 결핍되고 불충분한 대상으로 진단되고, 성기능 장애가 지나치게 강조되며, 거대 제약회사는 새로 만들어낸 이 시장을 선점하려 경쟁하고 제휴한다. 의료 전문가들은 합세해 전문성으로 포장한 허위 발언을 남발하고 모호한 질병을 확산하면서 여성의 몸과 마음을 해치는 의약품을 양산하는 데 기여한다. '건강하고 행복해지고 싶습니까? 부유하고 멋지게 살고 싶습니까? 그럼 이 약을 복용해보세요. 당신에게 부족한 것을 우리가 알고 있으니까요.' 이런 식이다.

영화에는 또 다른 여성의 인터뷰도 나온다. 기혼인 그 여성은 오르가슴을 느끼지 못하고 산다. 질에서 느끼는 오르가슴이 바람직한데, 그렇지 못한 자기는 비정상이라고 여겨 급기야 수술을 받기로 한다. 수술의 위험성과 입증되지 않은 결과는 '정상'이 되려면 치러야 할 대가로 여겨진다. 결국 수술로 얻은 것이 없었지만, 자기는 이미 '정상'이었다는 사실을 긍정하면서 자유를 얻는다. "저도 자위하면서 오르가슴을 느껴요. 그렇지만 남자랑 할 때 오르가슴이 없어서 문제라고 생각했거든요. 이제 그렇지 않다는 걸 알아요."

그 여성은 오르가슴을 정의한 가부장적 관점에서 벗어난 결과 약품과 의료 기계와 병원에서도 벗어난다. 병원을 나가면서 그 여성은 춤을 춘다. 걱정에서 해방된 사람, 자기는 아무 문제 없는 여성임을 즐거운 춤은 보여준다. 또한 그동안 얼마나 남몰래 노심초사하며 필요 없는 고통에 눌려 있었는지 보여주는 것이라서 뭉클했다.

영화는 오르가슴을 둘러싼 담론 전쟁을 보여주고 여성용 비아그라를 개발해 돈을 벌려는 초국적 제약 회사의 음모를 까발린다. 효과가 검증되지 않은 약이 성욕을 돋우고 불감증을 치료한다며 경쟁적으로 출시된다. 병은 이름 붙이기 나름이고 당국의 승인을 받으면 그만이다. 사람들은 불안 속에 약을 사라는 강요에 시달리고 위험한 수술을 받는다. 사회가 인정하는 '정상적' 오르가슴을 얻으려고 충분하다고 여긴 게 착각이었고, 나는 건강하지 못한 상태가 아닌지 의심하면서.

여성은 몸에 무지해야 '정상적'이라 교육받으면서 몸을 통해 스스로 즐거움을 아는 것은 '문란하다'는 암시를 받는다. 오직 결혼해서 '남자'가 '주는' 오르가슴을 통해 자기 몸을 '알고' 오르가슴을 '습득하는' 존재로 문화적으로 상정된다. 가족과 사회의 공식적이고 제도적인 관점은 어디까지나 그러하다. 그래서 자기 몸을 잘 알아 만지면 기분 좋아지는 부위를 즐길 수 있다는 사실, 성행위 때 상대에게 요구할 수 있다는 사실, 상대가 없더라도 스스로 충만할 수 있다는 사실은 억압된 지식이 된다. 제약 회사는 그 강요된 무지에 불안까지 더해 약을 판다. 약을 사면 '진짜 끝내주는 정상 쾌락'을 누리게 된다고 선전한다. 자기 몸을 알고 자기 성기를 있는 그대로 긍정할 수 있는 관심만 있으면 거대한 선전에 맞설 수 있다. 자기 몸을 긍정적으로 보는 '관점'을 취하기는 어렵다. 그래서 학습으로 습득해야 한다. 여성의 몸을 혐오하게 하고 남성의 성적 지배를 관철하려고 유포되는 무수한 상업 이미지와 담론에 맞서 여성은 자기 몸을 그것 자체로 온전하고 충만한 것으로 여기고 안아줘야 한다. 가부장제가 강요하는 학습에 맞서 몸과 삶을 긍정하는 또 다른 학습이 필요하다. 학습은 문화적 투쟁이므로 불필요한 불안과 죄책감에서 벗어나려면 동료가 필요하다.

《네 방에 아마존을 키워라》는 여성의 자위를 설파하는 책이다. 여성이 자기 몸을 아는 것, 어떤 곳을 만지면 즐거워지고 자기가 무엇을 원하는지 아는 것은 중요한 지식이 된다. 그런 변화는 자기를 표현하고, 요구할 수 있는 것을 선명하게 하며, 사회의 통념이 주는 혼란에서 벗어나 자기 자신을 긍정하고 이런 가치를 확산하는 데 이바지할 수 있게 한다. 자기 몸과 자기의 쾌락을 분명하게 알아야 여성들은 더 안전하고 당당하게 살 수 있다. 수동적인 여성상과 가부장적 통념에 젖어 쾌락에 덧씌우는 죄책감은 여성의 정서와 사고를 병들게 할 뿐이다.

여성의 오르가슴은 여성들이 말해야 한다. 그래서 영화는 말한다. '여기, 우리는, 그 자체로 즐겁다!' 오르가슴은 세상의 각본에서 벗어날 때 비로소 우리 것이 된다. 오르가슴은 약을 먹고 수술을 받아 '얻어내거나' 병든 몸을 '고쳐' 획득되는 게 아니라, 언제나 내 일부고 그 자리에 있던 즐거움이므로.

오르가슴을 방해하는 것은 오르가슴을 정의하는 타인의 시선이다. 우리는 자기 몸을 들여다볼 용기를 내고, 내게 주어진 유일한 인생인 몸을 찬찬히 쓰다듬고 안아주면 된다.

아가야,
너는 태어나고 싶니?

오리아나 팔라치

《태어나지 않은 아기에게 보내는 편지》

베틀

1993

소설은 이렇게 시작한다. "어젯밤 나는 네가 존재한다는 걸 알았다. 생명의 한 방울이 무無에서 나온 것이다. 나는 어둠 속에 두 눈을 크게 뜨고 누워 있었고, 갑자기 네가 거기에 자리하고 있다는 확신이 들었다."

이탈리아의 유명한 저널리스트이자 종군 기자인 오리아나 팔라치는 자기가 한 임신을 주제로 이 책을 썼다. 팔라치는 아이를 여러 번 유산했다. 책이 나온 1975년 이탈리아는 임신 중절이 불법이다가 1977년에 관련 법안이 통과됐다. 1970년대에 이탈리아는 낙태를 둘러싸고 격렬한 논쟁을 벌였다. 언론도 관련 기사를 연이어 보도했다. 여성주의자들은 모성, 성, 낙태를 주제로 여성 3만 명의 증언을 발표하고, 여성 예술가들은 이 주제를 작품에서 다뤘다. 팔라치는 언론에 발표하려고 이 글을 쓰다가 본격적인 문학 작품으로 완성하게 된다. 자기 책을 이렇게 소개했다.

"이 책의 주제는 회의다. 사느냐 죽느냐 바로 그것"(산토 아리코, 《전설의 여기자 오리아나 팔라치》, 2005).

내용은 태아하고 나누는 긴 대화다. "너는 과연 존재한다고 볼 수 있는 생명인가? 그리고 이 세상은 네가 나와 살아도 될 의미 있는 곳인가? 나는 너를 죽이고 싶은데 살리고 싶기도 하다. 이제 나는 너를 어떻게 하면 좋은가?"

주인공은 자기 인생을 되짚으며 태아에게 세상 이야기를 들려준다. 사람들이 어떻게 독재에 찬성하고, 민주주의를 지키려 싸우는 사람을 어떻게 학살하는지. 세상은 폭력이 지배하고, 정의를 위한 싸움은 끝이 없으며, 굶주림이 있다는 사실을 미리 태아에게 알려준다.

어느 날 문득 주인공이 말한다. "너를 없애야겠다. 너와 나는 별개의 것이니 나의 삶을 너는 방해할 권리가 없다." 그러나 다음 날 아이에게 줄 요람을 사고 아이가 생존하기를 바란다. 아이 아빠는 결혼도 하지 않고 불안정한 현실 속에서 아이를 낳으려 한다며 비난한다. 분노한 주인공은 욕을 퍼부으며 혼자서라도 아이를 지키겠다고 외친다.

주인공은 태아가 여자이기를 꿈꾸었다. "네가 어느 날 내가 지금 겪는 일을 겪었으면 좋겠다. 나는 여자로 태어나 불행하다고 생각하는 내 엄마와는 전혀 생각이 다르다. 싸운다는 건 이긴다는 것보다 훨씬 아름다운 것, 한번 이긴 뒤 느껴지는 건 공허일 뿐, 그 공허를 극복하려고 다시 여행을 시작하고 새 목적지를 정해야 하니까."

산부인과 의사가 내진할 때 주인공은 자기가 미혼모라는 이유로 태아를 찌그러뜨릴까 겁을 냈다. 그러나 의사는 오히려 주인공에게 범죄 행동은 생각하지 말라고 엄포를 놨다. 불법 낙태 말이다. 엄마는 아이에게 이야기한다. "아기를 가진 결혼 안 한 여자는 흔히 무책임한 것으로 간주한단다. 기껏 잘 봐줘야 괴짜거나 사고덩어리로, 아니면 여걸로나, 결코 남들 같은 엄마로선 받아주질 않겠지."

의사는 몸이 약하니 일을 하지 말라고 경고하지만, 주인공은 한 인간으로서 자기 일을 멈출 수 없다고 선언한 다음 차를 타고 현장 취재를 나간다. 태아가 몸속에서 죽은 때는 기진한 채 누워 꿈을 꾼다. 아이가 죽을 줄 알면서도 일을 멈추지 않은 여자라고 비난하거나 살인자라고 매도하는 의사와 법조인들 틈에서 자기를 변호한다. 그리고 꿈에서 자기를 비난하거나 두둔하는 그 목소리가 모두 자기 안에 함께 있는 목소리라는 사실을 깨닫는다. 마침내 주인공은 자기를 긍정한다. "생명은 너나 나를 원하지 않아. 너는 죽었어. 아마, 나도 죽어가고 있겠지. 그러나 아무 상관은 없다. 생명은 결코 사라지지 않으니까."

이 책은 결국 태어나지 못한 아이에게 쓴 편지면서, 죽어가는 생명인 주인공이 모든 반복되는 죽음 앞에서도 삶의 지속성과 진보를 긍정하는 편지다. 또한 이 세상에서 아름다운 꿈을 계속 꿔도 되는지, 부정의와 폭력의 무한함 앞에서 인간으로서 어떤 태도를 취해야 하는지 쓴 연서戀書다. 주인공은 말한다. "인간의 삶은 불의와 싸우는 것, 목숨을 기꺼이 버리면서까지 그에 맞서는 데에 그 의미가 있다. 너도 태어난다면 그렇게 살았으면 좋겠다."

태아는 태어나지 못했지만 삶은 이어진다는 그 믿음이 살아남아 지금 이곳에서 글로 읽힌다. 세상이 변하고 있지만, 사실은 아무 변화 없이 여전히 똑같고, 태어나는 것이 가치 없는 일일지 모른다는 처음의 의심을, 비관적인 생각을, 태아가 죽은 뒤에 강하게 부정하고 주인공은 꿈꾸기를 멈추지 않는다.

그렇게 팔라치가 들려주는 성장담은 무서울 정도의 낙관은 다른 시대 다른 나라에 사는 여성들 누군가의 아픔과 고민을 곧추세우고 죄의식 없이 성장할 수 있게 하는 씩씩한 격려가 된다.

첫 월경,
그날의 기억

레이첼 카우더 네일버프

《마이 리틀 레드북》

부키

2011

'첫 월경' 하면 푸른 하늘에 펄럭이는 만국기가 떠오른다. 가을 운동회 날이고, 나는 5학년이었다. 운동장에는 하얀 체육복을 입은 아이들이 몰려다녔고, 나는 달리기 시합을 했다. 이상했다. 그날따라 아랫도리가 몹시 따가웠다. 아침에 모처럼 받은 용돈으로 100원짜리 뽑기를 할 때도, 풍선이며 바람개비를 구경하며 다닐 때도 불편한 느낌이 계속됐다. 결승점에 다다르니 통증이 심해진데다 속옷이 축축해진 느낌이 들었다. 화장실에 가서 보니 팬티 밑이 고약처럼 꺼멓고 끈끈하게 물들어 있었다. '죽는구나' 하고 생각했다. 놀랄 만치 기분이 담담했다.

엄마에게 말하러 집으로 갔다. 비장했다. 엄마가 충격을 받으면 위로해줘야지, 나는 어차피 죽을 거니까. 엄마는 놀라기는커녕 무덤덤하게 장롱에서 두꺼운 천기저귀를 꺼냈다. 기저귀를 차니 영 불편했다. 어쩐지 부끄럽기도 했다.

"다른 건 없어?"

엄마는 잠시 망설이더니 돈을 주며 말했다.

"가게에서 생리대를 팔기는 하는데, 써본 적은 없어. 가서 사와."

평생 천기저귀를 쓴 엄마는 한 번 쓰고 버리는 생리대를 사기가 부담스러운 듯했다. 후리덤 생리대가 텔레비전 광고를 막 시작한 때였다. 생리대 광고를 한다고 신문에 날 정도였다. 가게 주인이 권해 준 건 후리덤보다 더 비싼 낱개 포장 생리대였다. 까만 비닐봉지에 담아준 분홍 생리대를 들고 집에 갔다.

"엄마, 이제 어떻게 해?"

엄마도 난감하다. 이런 생리대를 한 번도 써본 적이 없기 때문이었다. 엄마 말을 따라 나는 낱개 포장을 풀지 않은 채 생리대를 그대로 팬티에 넣었다. 생리대는 왔다갔다 움직였다.

"엄마, 이건 아닌 것 같아."

다시 꺼냈다. 엄마는 나보다 생리대를 더 몰랐다. 난처해하는 엄마 앞에서 생리대를 이리저리 뒤집어 보다 포장을 뜯었다. 접착 면에도 띠지가 붙어 있었다.

"엄마, 뒤쪽에 스티커가 따로 붙어 있는데, 이것도 뜯는 건가 봐."

"그래, 그다음에는…… 어디에다 붙일까?"

이번에는 엄마가 자신 없이 말했다. 그리고 덧붙였다.

"움직이지 말라고 접착 면을 몸에다 붙이는 거겠지?"

가만히 생각했다. 생리대를 뒤집어 몸에 붙이는 건 아무래도 좀 이상했다. 둘이서 끙끙대다가 마침내 내가 제대로 붙이는 방법을 알아냈다. 팬티에 붙은 생리대를 함께 내려다보다가 엄마는 한발 물러섰다. 그리고 고개를 흔들었다.

"그냥 천기저귀를 쓰는 게 나아. 굳이 쓴다면 말리지 않겠지만."

그 뒤에도 엄마가 권하는 천기저귀를 차야 했다. 걸음도 불편하고 칠판 앞에 나가 문제라도 풀라치면 다른 아이들이 내 두툼한 엉덩이를 쳐다보는 듯해 몹시 신경이 쓰였다. 그날부터 좋아하는 짧은 흰 바지와 러닝 차림으로 동네 골목을 다니면 안 됐다.

"남자들이랑 한 방에 있으면 안 된다. 임신할 수 있으니 조심해야 한다."

엄마의 성교육은 그게 다였다. 어떻게 임신이 된다는 걸까? 엄마가 보고 처박아둔 여성지를 뒤적이면 알 듯 말 듯 야릇한 이야기가 있어서 자꾸 보게 됐다.

"그런 책 보면 안 돼!"

아버지가 나무란 다음에는 다락방 계단에 숨어서 잡지를 봤다. 딸이 생리를 하니 책임감이 커진 모양이었다. 생리 날짜가 늦어질라치면 엄마는 혹시 무슨 일 있냐며 기분 나쁜 닦달을 했다. 나는 차츰 생리하는 게 싫어졌다.

학교 운동장에서 단체로 엎드려뻗쳐 기합을 받을 때는 몸이 힘든 것보다 생리가 앞으로 새어 나올까봐 더 걱정이었다. 생리하는 여자애도 있을 수 있다고 생각하지 못하는 선생들이 원망스러웠다. 1980년대 시골 학교 풍경은 때로 그랬다. 신체검사 한다고 초등학교 고학년 여자아이들에게 팬티 빼고 옷을 모두 벗으라고 하거나, 땡볕 아래 줄지어 속옷만 입은 채 검사를 기다리게 했다. 브래지어 했다며 대놓고 놀리고 화장실 들락거리는 여자애들을 지목해 키득대는 미숙한 동급생 남자아이들의 짓궂음을 맞닥뜨릴 때는 진절머리가 났다. 그렇게 나는 몸에서 멀어지고 있었다.

《월경의 정치학》(박이은실, 2015)은 이렇게 지적한다. "여성 몸에 대한 사회적으로 구성된 관념과 특징들은 여성들을 남성들과는 '사회적으로 다른' 이들로 보게 하는 토대가 되어 왔고, 이는 두 성들 사이의 불평등한 권력 분배의 결과이자 그것을 재강화한 이데올로기가 되었다. 월경은 여성들이 겪는 많은 것들과 마찬가지로 몸, 몸에서 나오는 물질들, 여성 몸 자체에 대한 사회문화적 관념과 인식을 통해 그 사회에 의해 고도로 매개되고 규제되고 통제받는 영역이 되어왔고 여전히 그러한 영역으로 남아 있다."

《마이 리틀 레드북》은 100개의 초경 이야기를 담았다. '여자는 누구나 그날을 기억한다'는 부제가 붙은 빨간색 책이다. 책을 엮은 네일버프는 초경 때 나처럼 '기저귀'를 찼다. 할아버지 댁에서 수상 스키를 타다가 초경을 맞는 바람에 생리대를 못 구한 탓이었다. 생생한 첫 생리의 기억을 왜 화제에 올리지 못하는지 반문하며 네일버프는 여성 100명의 첫 월경 이야기를 모았다. 미국 뉴욕 여성, 중국 난징 여성, 나치 수색 때 생리를 시작한 유대인 여성, 1916년의 생리와 2007년의 생리, 생리했다고 얼굴을 맞은 여성, 엄마한테 이해받지 못해 서운한 여성, 초경 파티를 받은 여성까지 다양한 이야기가 있다.

100명이나 되는 여성들의 첫 생리 이야기를 들을 수 있다니 파격적인 독서 경험이다. 우리는 101번째 여성으로 내 이야기를 뒤에 덧붙일 수 있다. 파티에 초대받은 기분으로, 어느 때보다 당당하고 자연스럽게. 그렇게 생리 이야기는 결국 내 가족과 학교와 사회와 문화와 역사가 어땠는지를 내 말로 고스란히 드러내는 즐거운 작업이 되기도 한다.

조건 만남을 하는
아이들?

김고연주

《조금 다른 아이들, 조금 다른 이야기》

이후

2011

'그런 애들'이 있다. '그런 애들'은 학교에 다니지 않는다. 집에서 자지도 않는다. 몰려다니며 쑥덕거리고 일을 저지른다. 조건 만남을 하고 성매매를 한다. '여자애'라고 말할 때 관습적으로 떠오르는 울타리가 그 애들에게는 적용되지 않는다. 경찰도 이렇게 말할 때가 있다.

"'그런 애들'이 사실대로 말할까요?"

"'그런 애들' 말을 어떻게 믿어요?"

'그런 애들'이라고 일단 찍히면 인권 같은 건 누릴 자격이 없게 된다. 불쌍하기 그지없는 애들이 되거나 범죄자 취급을 받는다.

가출해 길에서 생존해야 하는 10대 여성들이 어떤 일을 겪게 되는지, 왜 그렇게 살아야 하는지, 무엇이 필요한지 들여다볼 생각보다 어떤 틀로 판단할지부터 정한다. 동정이나 두려움이라는 틀로 10대 여성들을 보게 되면 실제 일어난 일은 눈에 들어오지 않는다. 그 애들의 삶이 자기들 삶에 닿아 있다는 생각은 들지 않는다.

《조금 다른 아이들, 조금 다른 이야기》의 장점은 도덕의 잣대를 들이대지 않고 실제로 무슨 일이 일어났는지 드러내는 데 있다. 오염

된 언어에 기대지 않고, 일어난 사실과 맥락에 주목한다. '그런 애들'이라는 말에 기대지 않고 '조금 다른 아이들'이 겪는 경험을 냉철하게 드러낸다. 이유 있는 행동이며 살아남으려는 의지였다고 설명한다. 거리의 삶이란 누구든 맞닥뜨릴 수 있는 궁지고, 누구든 그렇게 생존해야 하는 처지에 놓일 수도 있다고 말한다. 상황적 맥락을 간과하고 개인의 선택과 책임만을 강조하는 신자유주의는 성매매 선택론과 비슷한 관점을 취한다. 김고연주는 이렇게 지적한다. "청소년 성매매는 젠더(성)와 연령(10대)이 교차하는 지점에서 다층적인 사회적 모순을 끌어안고 있다. 젠더 권력과 나이 권력의 문제, 그리고 여기에 더해 계급의 문제를 진지하게 고민하지 않는다면 누구도 청소년 성매매 문제를 바라보는 이중적 시선에서 자유로울 수 없을 것이다."

집 나온 아이들이 거리의 생존 법칙에 어떻게 적응하게 되는지, 사회가 10대의 섹슈얼리티를 어떻게 대하는지, 10대들이 그런 상황을 어떻게 받아들이게 되는지를 김고연주는 드러낸다. '일탈'이 '일상'이 되어가는 과정이었다. 1990년대 말 '원조 교제'라는 이름으로 알려진 청소년 성매매가 지금 '조건 만남'이라는 성매매로 변하면서 '원조 교제'의 유사 연애적 성격이 지워지고 '조건 만남'을 하는 청소년들은 더 큰 위험을 무릅쓰게 됐다. 청소년들은 안전을 위해 '포주'에게 돈을 갈취당하며 일하는 경우가 많다. 제대로 된 청소년 일자리가 없고 학력 자원도 없는 상태에서 돈을 벌려고 성매매를 하는 선택은 '감수해야 하지만 너무 가혹한' 일이 된다. 10대라는 이유로 떠안아야 하는 사회적 낙인은 경찰 조사 때나 가족을 만날 때나 학교에 돌아갈 때 또다시 공격받는 원인이 된다. 보호가 아니라 처벌을 받고, 성 구매 남성보다 더 무거운 형량을 받으며, 법이 보호하지 않는 자리에 놓인다.

평범한 10대가 되기 위해 치러야 하는 대가는 크다. 사회 안전망이 없는 상태에서 가족은 유일한 자원이다. 이마저 없을 때 쉼터를 찾아다니고, 생계를 걱정하며, 어떻게든 학력이라는 자격을 성취하려 애쓰기도 한다. 결혼해서 아이 낳고 안정된 삶을 꾸리는 것, 원하는 대로 경제적 자립을 할 수 있는 제대로 된 직업을 구하는 것, 공부하고 버텨내고 졸업장 따고, 모욕을 참으며 '보통' 사람이 되는 것. 가시화되지 않는 모습까지 김고연주는 추적한다. 한 사람의 선택만으로 결정되지 않는, 사회가 그려놓은 지도 속에서 분배되지 않은 자원들 사이를 10대들은 간다. 그 지도를 보라고, 그 길이 얼마나 좁고 치우쳐 있고 비인간적인지 보라고 한껏 외치고 있다.

돈이 되면 사람이 아니라 개돼지처럼 부려먹어도 당연하게 여기는 세상에서, 돈에 미쳐 사는 삶이 상식이 되는 세상에서, 돈으로 바꿀 게 네 몸밖에 없다고 거들먹거리는 세상의 안팎에서 10대들은 살아내야 한다. 비틀거리면서 자기 몸과 마음을 보살펴야 하고, 우울 속에서도 자기가 소중한 사람이라는 점을 잊지 않아야 한다. 한 사람의 힘만으로 되는 일은 아니다. 그러나 해석되지 않고 이해할 수 없는 세상에서도 사람들은 얼마나 용감하게 살아내려 애쓰는지 모른다.

거리에서 한 성매매는 아이들의 삶을 구성하는 한 부분에 지나지 않는다. 누구든 '현재'가 중요하고 '지금'이 유일한 시간이다. 김고연주는 아이들이 지니고 있는 '지금'을 보라고, 잘살 수 있게 함께 응원해달라고 말한다. 사람들은 시간을 거듭하며 연결돼 있고, 서로 환경을 바꾸어내며 그 애쓴 시간을 물려줄 수 있다. 그래서 다른 삶들이 가능해진다. 과거는 현재가 되고, 현재는 반복되는 듯하다. 그렇지만 과거를 그대로 반복하는 모습은 얼마나 슬프고 무력하며 비겁한가. 결국 해석은 학문적인 분석과 지식의 양에서 나오는 것이 아니라 깊은 사랑과 믿음에서 나온다. 열 명의 인터뷰를 해석하면서 드러나는 김고연주의 날카로운 직관과 성찰은 깊은 애정을 바탕에 두고 있었다. 그런 마음은 흩어진 사실 속의 숨겨진 의미를, 무의미해 보이는 것들 속에 자리한 맥락을, 구슬을 꿰어 목걸이를 만들듯 악착같이 드러내고 이어낸다. 그 노력 속에서 '조금 다른 아이들'의 이야기는 특별할 것 없이 분투하는 삶의 이야기가, 우리 사회의 모습을 온전히 보여주고 우리가 몸담은 이곳을 성찰하게 하는 평등한 목소리가 됐다. 응원을 촉구하는 전보가 됐다.

너를
따돌리는 이유

레이철 시먼스

《소녀들의 심리학》

양철북

2011

레이철 시먼스는 학창 시절 따돌림을 겪었다. 성인이 된 뒤 300여 명을 인터뷰해 따돌림을 연구했다. 그리고 소녀들의 관계적 공격성은 사회적으로 여성화되는 방식, 곧 경쟁심, 질투, 분노를 드러내지 않아야 한다는 압박에 관계된다는 결론을 내렸다. 또한 계층에 따라 소녀들이 어떻게 다르게 훈육되며 그런 훈육이 어떻게 따돌림의 양태에 영향을 미치는지 연구했다. 중산층 소녀들은 여자다워야 한다는 사회적 압박 속에 수동적이고 간접적인 태도를 익히는데, 친구를 따돌리고 공격성을 표출하는 모습도 그중 하나다.

《여자의 심리학》(배르벨 바르데츠키, 2007)도 여자아이들 교육에서 자립과 자주성보다 순종과 의존을 앞세우는 경향을 지적한다. 공격적 성향이 금지된 여자는 개성화 과정에서 남성하고 다르게 의존적 성향을 강화하며, 공격욕의 잔재를 수동적 반항, 거부, 질병 등으로 표출하게 된다.

여자들 사이의 드러나지 않는 따돌림은 종종 일어난다. 학교에서 따돌림받는 여자아이는 놀이에 끼지 못하고 외딴곳에 혼자 있게 되고, 성인 여자들 사이에서도 '끼워주지 않기' 방식으로 따돌리고 상처를 주는 행위가 일어난다.

학창 시절에 나도 따돌림을 당한 적이 있었다. 혼자 밥을 먹고 운동장 한쪽을 서성이며 울던 기억이 있다. 책을 읽은 뒤, 나는 친구를 따돌리는 여성들의 가슴 속에 이런 말이 있으리라고 상상하며 글을 썼다.

궁금하겠지, 너는. 왜 혼자 밥을 먹어야 하고, 쉬는 시간에도 왜 혼자 서성이게 되는지. 아무도 이유를 말해주지 않으니 더욱 그렇겠지. 대놓고 물어볼 수도 따질 수도 없어 괴로울 거야. 우리를 보는 눈길이 조심스러워지고 원망스러워지겠지. 그러나 어김없이 너는 우리를 보고 웃게 될 거야. 비굴하게, 친해지고 싶다는 웃음을, 뭘 잘못했는지 되묻는 웃음을, 혼자라서 괴로운 웃음을. 그러면 우리도 마주 보고 웃어줄 거야. "안녕!"

그 환한 웃음에 너는 더욱더 몸 둘 곳을 모르겠지. 다시 한 번 혼란에 빠지고 자기 느낌을 의심하게 되겠지. 우리를 미워하다가 다시 사랑하게 돼 어쩔 줄 모르게 되겠지. 너는 잘 때도 우리 꿈을 꿀 거고, 날마다 우리를 뇌리에서 지울 수 없을 테지. 그래서 더욱더 우리의 우정을 갈구할 테지. 우리는 상냥하게 안부 인사를 할 거야. 때때로, 가끔, 네가 우리랑 멀어지려 할 때마다, 네가 정말 우리를 미워하기 전에.

그렇게 희망을 이따금 떨어뜨리면서 네가 그 희망의 씨앗을 허겁지겁 줍고 열심히 가꾸려 애쓰는 모습을 지켜보겠지. 우리가 내민 손을 잡으려 하면 우리는 악수를 거둬들일 거고, 네가 등을 돌리면 우리는 네 어깨에 다정하게 손을 얹을 거야. "우리는 여전히 친구잖아."

무슨 일이 일어났는지 너는 더욱 알 수 없겠지. 너는 우리를 피하는 대신 자기 자신을 미워하게 될 거고, 우리는 너 자신보다 더 뚜렷한 존재로 네 마음에 새겨지겠지. 우리는 여전히 아름답고 다정하며 능력 있는 친구들이니까. 너는 마치 힘없는 어린아이처럼 말을 더듬으며, 우리의 거침없는 질문에 대답하려 애쓰며, 눈길 둘 곳을 찾아 이리저리 눈동자를 굴릴 거야. 너는 우리의 포로니까. 우리가 던지는 질문이 때로 무례해도 너는 고분고분하게 대답하겠지. 친구가 되고 싶으니까. 우리만 한 친구는 없으니까. 너하고 놀아줄 친구가 없다면 너는 완전히 혼자일 테니까. 혼자라는 건 네게나 우리에게나 끔찍한 일이지, 안 그래?

그래, 그렇게 네 덕분에 우리는 완전히 외롭지 않은 우리가 됐어. 네가 있어서 우리의 울타리는 더욱 튼튼해지고, 우리는 우리끼리 활기차게 지낼 수 있었어. 우리는 네 일거수일투족을 지켜보고 네 흉을 보며, 우리 중 누군가가 네 친구가 되는 사태를 경계하며 서로 일상을 샅샅이 나눔으로써 진정한 우리가 됐어. 네가 없는 우리는 상상할 수 없고, 우리가 없는 너 또한 무의미하지. 그렇게 우리는 네게 영원한 애착을 느껴.

너는 우리를 찾아와 물었지. 무슨 잘못을 했냐고. 우리는 네가 잘못한 건 없다고 말해줬지. 그런데 너는 다시 한 번 떨리는 목소리로 물었어. 나하고 놀지 않는 건, 나한테 뭔가 화가 났기 때문이고,

내가 뭔가 잘못했기 때문이 아니겠냐고. 우리는 놀라 되물었지. 왜 그렇게 생각하냐고. 네가 잘못한 게 뭐가 있냐고. 우리는 너를 달랬지. 너는 혼란에 빠져 울먹거렸지. 우리는 말했지. 우리는 네 친구라고, 네가 잘못 생각한 거라고, 예민한 거라고, 우리는 그저 농담했을 뿐이라고 눙쳤지.

너는 네 느낌을 의심하며 네 괴로움을 스스로 짓밟으며 뒤돌아서야 했지. 그 뒤에서 우리는 서로 가만히 눈짓을 교환했지. 네가 무력해져서 우리는 강력해졌고, 네가 스스로 믿지 않아서 우리는 마침내 우리를 확신하게 됐어.

궁금하겠지, 너는, 따돌림의 이유가. 그런데 이유는 없어. 네가 그 자리에 있어 줘서 우리는 우리가 됐고, 네가 슬퍼서 우리의 기쁨이 뚜렷해진 거지. 그렇지, 빛과 그림자처럼. 네가 있어서 우리는 기를 쓰고 서로 다 같은 존재가 되지. 네 자리로 대신 갈 누군가로 몰리지 않으려고. 그게 누군지는 중요하지 않지. 이를테면 네가 잘난체를 했다거나, 네가 선생님의 관심을 받는다거나, 네가 예쁘다거나, 네가 자기주장을 잘한다거나, 아니면 네가 주눅이 들어 자기를 방어할 줄 모른다거나, 선생님의 무시를 받는다거나, 못생겼다거나, 말을 잘하지 못한다거나 같은 게 모두 그 이유가 되겠지. 네가 우리를 좋아했다거나, 우리를 싫어했다거나, 네가 잘살았다거나, 못살았다거나 하는 게 모두 원인이 되겠지. 네가 우리하고 친구가 되고 싶어 섣불리 다가왔다거나, 네가 우리의 인사를 받지 않고 지나쳤다거나, 네가 우리 중 하나가 되고 싶어 안달이 났다거나, 우리에게 무관심했다거나 등등이 모두 이유가 되겠지.

너는 우리 비위에 거슬린 거야. 다르기 때문이지. 그리고 조금 더 친절하게 말해주자면 우리한테는 다른 사람이 필요한 거야. 왜냐고? 이건 한 번도 말하지 않은 건데, 말해줄게. 우리는 우리를 믿을 수 없거든. 우리는 이곳을 벗어날 수 없거든.

왜 나를 따돌렸냐고 묻지 못한 친구들을 이해하려고 이 책을 읽었다. 그래서 책을 읽으면서 내내 불편하고 가슴이 아팠다. 피해자와 가해자라는 다른 자리에 있었지만, 우리가 공유한 문제가 있었을 것이다. 그 문제를 이해해야 나를 더 비난하지 않고, 그 친구들을 두려워하지 않을 수 있을 것 같았다.

시먼스는 학교의 공적 규칙을 통해 이런 따돌림에 대처할 방안을 모색하며, 가시화되지 않는 따돌림을 이해하고 공론화해야 한다는 문제를 제기한다. 소녀들은 감정을 솔직하게 표현할 수 없어 함께 고통을 당한다고 한다. 따돌림이라는 잔인하고 가슴 아픈 양상을 자세히 묘사하며, 시먼스는 '가해자'와 '피해자'가 아니라 젠더의 관점으로 소녀들의 태도를 분석한다. 진실을 말하고 분노를 표출하는 행동을 문화적으로 금기함으로써 소녀들은 간접적 공격을 체화하게 된다. 분노와 욕망을 드러내는 모습은 인간의 자연스러운 일상이므로, 불편한 감정을 관계 속에서 제대로 표현할 수 있게 배우는 일은 소녀들에게 중요하다.

책은 소녀들이 어떻게 서로 따돌리는지, 어떻게 상처를 주는지, 이런 문제가 왜 사적인 고민이 아니라 사회적 문제인지, 어떻게 행동해야 이런 현실을 바꿀 수 있는지 논의한다. 관습화한 여성성에 문제를 제기하고, 그 이면에 있는 여성의 내적 갈등과 고통을 직시하며, 진실을 말하자고 촉구한다. 이 책을 읽고 나는 나를 따돌린 이들하고 마침내 작별할 수 있었다.

작은 차이를
다시 질문하다

알리스 슈바르처

《아주 작은 차이》

이프

2001

《아주 작은 차이》를 낸 출판사 이프가 이름이 같은 잡지를 창간할 때 나는 스물 무렵이었다. '우리 여자 얘기'가 있다며 잡지를 보여주며 기뻐하던 친구 모습이 떠오른다.

《아주 작은 차이》는 나름의 사명감 아래 출판된 책 같다. 유독 이 책을 볼 때면 책을 기획하고 번역한 이들의 웅성거림이 들리는 듯하다. 의도는 꽤 시의적절해서, 여성주의에 관심이 높아진 상황에서 제 소임을 다 해냈다.

20대 때 간접 경험을 얻으려고 읽던 책이 어느새 직접 한 경험을 반추하게 하는 자극제로 바뀌었다. '왜 이렇게 살까?' 하는 설익은 의아함이 '정말 이렇게 될 수밖에 없었어' 하는 끄덕임으로 바뀌었다. 슈바르처는 1970년대에 이 책을 썼고 2001년에 한국어판 서문을 썼다.

이 책은 경제적, 사회적 지위가 다르고 성 정체성도 다양한 여러 여성의 인터뷰를 담고 있다. 결혼하면 저절로 해결되는 일이 많을 줄 알았지만 오히려 더 견디기 힘들어 이혼한 청소 노동자 여성, 자기를 돌봐준 동성의 회사 동료하고 춤을 추다가 입을 맞추고 사랑에 빠진 미혼 여성, 외도하는 남편 탓에 병들어 환청과 환시에 시달리는 여성들의 목소리까지 진솔하게 담았다.

슈바르처는 이 여성들의 공통점을 주시한다. 계급과 세대와 성적 지향이 다르더라도 섹슈얼리티 측면에서 억압돼 있으며, 가사나 육아, 돌봄 같은 재생산 노동의 전담자로 자리매김됐다. 이런 현실은 여성들이 사회적으로 취약해지고 자존감을 잃은 채 의존적 존재로 전락하는 이유였다.

또한 슈바르처는 다양한 여성들의 개성 있고 솔직한 목소리를 기록하고, 강압적인 이성애, 질 오르가슴의 신화, 페니스 숭배 등을 신랄하게 비판한다. 더불어 여성이 직업 경력을 쌓고 자원을 확보하는 일이 중요하다고 강조한다.

여성이 공통된 억압을 당하고 있으며, 그래서 더더욱 여성이 경제적 자원과 사회적 자원을 얻기 위해 자기를 계발하고 이른바 공적 노동을 해야 한다는 이야기는 맞다. 그러나 2010년대는 여성들 사이의 차이가 커지고, 노동 시장에서 여성이 맞닥뜨리는 차별이 공고해지며, 가사와 육아 노동이 분담되지 않는 현실을 실제로 경험한 만큼 새로운 모색을 하는 시기다. 학력을 높이고, 일자리를 늘리고, 여성들이 노동자가 되는 것만으로는 충분하지 않다. 이른바 사적 노동으로 불리는 가사, 육아, 돌봄 노동은 여전히 분담할 수 없는 상황이다. 공공화에서 거리가 먼 돌봄 노동의 시장화는 민간 기업의 배만 불리고, 여성을 시간제, 파견제, 비정규직 같은 질 나쁜 노동 환경으로 몰아넣었다. 세대 재생산이라는 사회적 책임보다는 이윤 추구 논리만 횡행하고, 기업의 경쟁 논리를 내면화한 가정은 경쟁에 맞는 인력을 양성해 제공하는 장소로 여겨진다. 여성은 여전히 성적으로 억압돼 있고, 오히려 혐오의 대상이 돼 더 심한 차별을 받는다.

《여성 혐오가 어쨌다구?》(윤보라 외, 2015)는 지적한다. "남녀 간의 임금 격차, 빈곤의 여성화는 여전하지만 상대적으로 혹은 재현의 영역에서 성차별보다 남성과 남성, 여성과 여성의 격차가 가시화되자 일부 남성들은 자신의 계급적 처지를 젠더로 '해결'(전가)하기 시작했다." 계급 간 격차가 벌어지고 가난을 향한 차별이 공고해지지만, 정부는 복지를 늘리고 경제적 격차를 줄이는 방안을 적극적으로 모색하지 않는다.

2000년대 들어 10년 만에 여성 비정규직이 34만 명 늘고 시간제와 파견 용역직이 급증한 상황에서 《기록되지 않은 노동》(여성노동자 글쓰기 모임, 2016)은 일하는 여성 33명의 목소리를 담았다. 여성이라는 이유로 일터에서 성희롱을 당하거나, 고용을 보장받지 못하거나, 노동자로서 누려야 할 권리를 되찾으려 분투하거나, 일과 가정생활을 유지하려 몸과 마음이 소진되고 있는 사람들이었다. 여성이 노동시장에 진입한 뒤 비정규직이 확산되는 과정에서 벌어진 일을 설명해줬다. 변한 것 없는 현실에서 드세진 강자들의 여성 혐오, 더 가난해지고 착취당하는 여성 노동자들의 모습이 '아주 작은 차이'가 유지되는 현실의 모습이다.

절판된 책을 읽으면서 여전히 남아 있는 문제와 또 다르게 대응해야 하는 현실을 겹쳐 본다. 《아주 작은 차이》가 성적 억압으로 해석하든, 재생산 노동의 불공정으로 해석하든, 제한된 질문 속에서 삶의 편린을 통째로 보여준 여성들의 진솔한 목소리 덕분에 묻혀 있던 경험이 기록됐다. 이 시대에는 새로운 질문을 할 수 있다. 우리의 느낌과 생각을 우리의 언어로 말해야 한다. 더 많은 여성이, 더 많은 소수자들이 자기가 경험한 세상을 발설해야 한다. 기어이 언어가 된 기억들은 연대하면서 여전히 침묵에 싸인 세상에 균열을 일으키는 질문을 또다시 던질 테니 말이다.

3부 모퉁이 길을 품다

풍경처럼 스쳐간 여자,
하인숙

김승옥

《무진기행》

민음사

2007

김승옥의 소설 《무진기행》을 좋아한다. 스무 살 무렵에 읽었는데, 지방 소도시에서 입시 공부를 하는 갑갑한 마음과 사방이 산으로 둘러싸인 고향에서 느끼는 염오를 대신 토해내주는 느낌이었다. 지독한 회의와 쓸쓸함이 안개처럼 밴 문장에 가슴이 두근거렸다. 삶의 쓸쓸함을 이렇게 표현할 수 있구나, 생경한 느낌의 세상을 만들어낼 수 있구나 하고 흘렸다.

줄거리는 단순하다. 서울에서 이른바 출세한 윤희중은 고향 무진에 내려간다. 안개 낀 무진은 한국전쟁 때 골방에 숨어 은신한 힘겨운 과거이며, 세속적인 친구들이 속물스런 말을 거침없이 쏟아내고 방죽에서는 종종 술집 여자의 시신이 떠오르는 곳이다. 그곳에서 윤희중은 음악 선생 하인숙을 알게 되고, 그 여자의 쓸쓸한 심정에 공감하며 짧은 연애를 한다. 그러나 곧 서울에 있는 아내가 보낸 전보를 받고 무진을 떠나 현실로 향하며 부끄러움을 느낀다.

작가가 직접 각색한 영화 〈안개〉(김수용 감독, 1967)도 봤다. 전라남도 순천에서 자란 김승옥을 통해, 문장이 시각화된 영화를 통해 소설에서는 다 알 수 없던 1960년대의 세밀한 풍경을 봤다. 좋아하는 작가의 소설을 작가 자신이 각색한 시나리오로 찍은 영화로 다시 볼 수 있는, 즐겁고 귀한 경험이었다.

그 시대에 사회가 여성을 바라보고 묘사한 방식도 알 수 있었다. 작품은 윤희중의 관점에서 일관되게 서술된다. 남성이 하는 독백이라 여성들 생각은 잘 드러나지 않는다. 여성들은 '정복해야 하는' 대상으로 그려지며 '과거의 자신'이거나 무진의 일부로 여겨질 뿐이다. 50여 년 전에 발표한 소설이고, 그 시대에 여성들은 대개 그런 존재로 여겨지게 마련이었다(사실 지금도 그런 편이다)는 점을 고려한다 해도, 불공평한 일이다. 예술 작품에서 만나는 차별 의식은 특히 마음을 아프게 한다.

《무진기행》은 남성이 여성을 대하는 태도에서 새로운 점은 없다. 또한 '1960년대에 형성된 근대적 주체는 어떤 것인지' 역사적으로 살펴보더라도 그 '주체'는 남성의 이름으로 호명되고 여성은 풍경의 일부로 여겨질 뿐이라는 점에서 오리엔탈리즘을 내재화하고 있다(신형철, 〈정신분석학으로 풀어 읽는 영화〉, 한국영상자료원, 2014년 8월 22일). 무엇보다 그때도 현실 속의 여성들은 자기 눈으로 세상을 봤다. 생각을 밝힐 기회를 얻지 못했다고 해서 여자들의 삶이 안갯속 풍경의 일부로 그려지는 사태는 부당하다. 적어도 그 다음 세대인 나는 그런 정도의 불편함은 느끼고 그 여성들을, 나를 긍정해주고 싶다.

소설 속에 이런 구절이 있다. "나는 그 방에서 여자의 조바심을, 마치 칼을 들고 달려드는 사람으로부터, 누군지가 자기의 손에서 칼을 빼앗아 주지 않으면 상대편을 찌르고 말 듯한 절망을 느끼는 사람으로부터 칼을 빼앗듯이 그 여자의 조바심을 빼앗아 주었다. 그 여자는 처녀는 아니었다."

영화에서 이 장면은 창호 너머로 동태를 살피며 엉덩이를 카메라 쪽으로 돌려 성행위를 기다리는 여자쯤으로 표현된다. 주인공 윤희중의 스쳐가는 상대역인 하인숙. 나는 그 여성이 어떤 사람이었을지, 어떤 목소리를 가지고 있었을지 다시 한 번 쓰고 싶었다. 남성 주인공의 시선으로 쓴 책들을 조연인 여성의 시선으로 다시 쓰면 세상의 텍스트들은 어떤 모습이 될까? 하인숙의 처지가 돼 이야기를 다시 써본다.

나는 방죽에 서 있었다. 어제 그는 이곳에서 내게 키스했고 서울에 데려다주겠다고 했다. 나는 서울에 가고 싶지 않다고 말했다. 그는 내게 거짓말 하지 말라고 했다. 거짓말이 아니라고 말했지만, 그는 믿지 않았다. 그래서였을 것이다. 오늘 그가 떠났다는 소식을 그의 후배인 박 선생에게서 전해 듣고 내가 소리 내어 웃어버린 것은. 그는 내게 어떤 전갈도 보내지 않고 허둥지둥 무진을 떠나버렸다. 나는 터덜거리며 꽁무니를 빼고 가는 버스를 떠올리고 다시 웃었다.

교실에서 노래 부르는 아이들은 어제와 같은 모습이었다. 내가 소프라노로 부르는 노래를 아이들은 따라 불렀다. 내 입 모양을 아주 열심히 지켜보며 그대로 따라하려고 애쓰는 여자아이들도 있었다. 몇몇 아이들의 등을 쓰다듬어주었다. 운동장에 내리쬐는 햇볕이며 나무들은 그대로였다. 박 선생만 어쩐지 더 풀죽은 모습으로 나를 쳐다보았다. 난 그가 떠날 줄 알고 있었다. 오늘이 아니더라도 그가 무진에 머무를 기간은 기껏해야 일주일 정도로, 그는 어차피 이곳 사람이 아닌 것이다. 그가 말끝마다 애지중지하는 서울에 나를 데려가지 않을 것쯤은 나도 알고 있었다. 거짓말을 한 사람은 그였지만, 나 또한 그에게 거짓말을 한 셈이다.

저녁에 다시 세무서장 집에서 모인다는 말을 박 선생은 웅얼거리듯이 했다. 함께 가자는 것인지 가지 말라는 것인지 알 수 없었다. 나는 가지 않겠다고 했다. 박 선생의 얼굴에 반가움과 실망의 빛이 함께 떠올랐다. "하지만 심심하시다면……." 그는 중얼거렸다. 나는 고개를 저었다. 지금의 나는 심심하지 않았다. 나는 윤희중을 만났고, 그가 떠남으로써 적어도 심심하지 않게 되었으니 소득이 없는 것은 아니었다. 심심한 사람은 박 선생이었다. 그리고 세무서장 조였다. 그리고 어쩌면 그도, 서울로 돌아가는 버스 안에서 벌써 심심해하고 있을지 몰랐다. 그때 나와 나눈 정사를, 알사탕을 입안에 굴리듯이 심심풀로 핥을지 모른다. 나는 위악적인 생각을 하며 다시 한 번 키득대며 웃었다.

그는 이 방죽 위에서 내게 키스했다. 그 혀의 감촉이 떠올랐다. 그는 나를 다 안다는 듯이 굴었고 여자와 하는 관계는 이골이 났다는 양 서슴없이 내 몸을 헤집었다. 그는 평소에 조심성 있게 말하고 신중하게 행동했으며 타인의 시선을 의식했지만, 나의 팔을 잡아끌거나 키스하거나 성교를 할 때는 그렇지 않았다. 해찰 부리듯 내 가슴을 탐하는 것을 내려다보고 나는 그가 이물스럽다는 생각을 처음으로 했다. 근엄함, 초연함은 온데간데없이 그는 어린애처럼 가슴을 물고 빨며 어리광을 부렸다. 내가 내려다보는 것을 의식하자 그는 손으로 내 눈을 가렸다. 보는 사람은 자기여야 한다는 것을 컴컴한 손이 말하고 있었다. 그래서 나는 그에게 이끌렸는지 모른다.

나는 바다 냄새를 맡으며 무엇을 아쉬워하는지 스스로 물었다. 아쉽지 않다고 대답했다. '그건 거짓말이야' 하고 또 다른 내가 대답했다. 그는 내게서 무엇을 수확으로 거두어갔을까. 도회지의 피로를 내게 풀었고, 결혼 생활의 규칙을 나를 통해 어겼으며, 고향에 온 회포를 내게 부려놓았다. 그는 내게 관심이 없었다. 오랜만에 한 성교의 통증이 몸에 남았다. 그는 살뜰한 기회를 저버리지 않고 내 몸을 속속들이 훑고 갔다. 나는 그의 몸이 낯설었고, 그 자신감이 생경했고, 그 웃음이 껍데기 같다고 여겼다. 그것은 짧은 성교 후에 갑자기 일어난 생각이었다. 나는 그가 아버지처럼 나를 다룰 것이라고 기대했는지 모른다. 큰오빠처럼 나를 염려하리라고 예상했는지 모른다. 무엇보다 그가 나를 서울로, 과거로 데려다주리라고 스스로 최면을 걸었는지 모른다. 떠날 수 없는 이곳에서 더욱더 떠날 수 없는 곳으로 그의 몸을 통해 거슬러 돌아가기를 바랐는지 모른다. 그래서 나는 외진 길에서 그의 팔을 잡는 것이 좋았고, 내 노란 파라솔을 그가 흐뭇하게 바라보는 것이 좋았고, 밤 열두 시까지 잠 못 자고 뒤척인다는 것을 힘없이 고백하는 것이 좋았다. 그는 나를 문득 안쓰럽게 쳐다보았고, 잡은 손에 힘을 주었으며, '오빠'라고 부르겠다는 말에 끄덕였고, 서울에 가고 싶다는 말에 한 번 더 끄덕였다.

시치미를 뗄 수 있다면 어디까지 그렇게 할 수 있을까? 나는 이제 흙이 묻은 지저분한 파라솔 끝으로 땅을 쿡쿡 찌르며 생각했다. "내 경험으로는 서울에서의 생활이 반드시 좋지도 않더군요. 책임,

책임뿐입니다" 하고 그는 자신 있게 말했다. '이곳에서의 생활도 마찬가지예요. 이곳에서도 책임뿐이죠. 당신처럼 저도 책임에서 달아나고 싶어요' 하고 나는 대답하고 싶었다. 그가 어깨의 짐을 홀가분하게 벗어놓고 물속을 유영하듯 고향을 둘러보는 시선을 느낄 수 있었으니까. 그런 시선과 씁쓸함과 미소는 바다에서 땅에서 아득바득 살아가는 토박이의 것은 아니었다. 그의 눈에 나는 무진에 심어진 한 그루의 고정된 나무 같을 거라는 생각에 난 전혀 다르게 대꾸했다. "그렇지만 여긴 책임도 무책임도 없는 곳인걸요." 당돌한 내 대꾸에 그의 눈빛이 흔들렸다. 나는 그와 대결하기로 했다. "하여튼 서울에 가고 싶어요." 좀더 단호한 내 어조에 그의 눈빛은 감격한 것 같았다. "절 데려가주시겠어요?" 그것은 나의 마지막 연기였다. 내가 그 말을 할 때 안개는 더욱 짙어지고 하얗게 뻗은 냇물은 소리를 내어 흘러갔으며 그의 숨소리는 더 거칠어져 있었다. 꾸민다는 것은 좋은 것이다. 말이건 행동에서건 정도에 넘치는 것들은 긴장을 일으킨다. 그리고 그 긴장은 세상을 아름답게 보이게 하는 것이다. 심심하지 않을 수 있다면 나는 얼마든지 연기를 할 수 있었다. 무진은 밤엔 정말 멋있는 고장이기 때문이다. 내 연기에 그는 멋이 없는 고장에서 멋있는 시간을 보내려고 금세 나의 무대에 들어섰다. 어떤 말이든 해도 되고, 어떤 빗나간 대화든 유쾌함을 자아내고, 어떤 행동이든 허용되는. 그러니까 그의 부재가 일으키는 씁쓸함은 나 혼자 차지하고 있는 무대에서 어떤 것이든 잇달아 일으키지 않고는 심심해 미칠 것 같은 내 오래된 습성에서 비롯한 것이다.

다시 혼자라는 생각이 들면서 나는 바다로 뻗은 긴 방죽에 섰다. 무진에서 나는 낯선 사람들을 만났다. 그중에 얼굴을 알게 된 사람들이 몇 있었지만, 그보다는 끝까지 모르는 사람들이 더 많았다. 그들은 무진 사람들이었다. 그 또한 무진 사람이었다. 토박이에 둘러싸인 나는 그러나, 그들을 지켜보고 있지만 결국은 그들이 나를 지켜보고 있다는 것을 종종 깨닫게 되는 외지인이었다. 내게는 안개의 냄새가 배어 있지 않은지, 가진 것이 없어 불행한 기억도 오롯한 특권이 되는지 그들은 자주 낯설고 끈끈한 눈길을 보냈다. 그들과 나 사이에는 공유하는 것이 없었다. 내가 무진에 취직되어 간다고 했을 때 큰오빠는 객지에서 아무도 믿지 말라고 당부했다. 오빠가 염려하는 것이 어떤 것인지 나는 안다. 어저께만 해도 방죽의 경사 밑에 읍내 술집 여자가 자살했다는 것이다. 오빠가 염려하는 것은 그녀의 처지가 나와 가깝다는 데서 비롯한 것이다. 그녀와 나의 거리는 방죽 하나를 사이에 두고 있다. 그러나 그것은 오빠만의 생각이 아니었다. 무진의 사람들도 그렇게 생각하는 것이다. 〈목포의 눈물〉을 소프라노로 노래할 줄 알고, 학교에서 아이들을 가르칠 자격증이 있으며, 묻는 말에 또박또박 되받아칠 줄 아는 나는 그 몇 가지 장벽을 제하면 '성기 하나를 밑천으로 하는 여자'에 지나지 않는 것이다. 그들은 성기 없이 생각하는 존재인 양 초연히 굴었지만 나는 어디까지나 그들에게 성기를 가지고 생각하는 여자인 것이다. 나는 방죽을 떠나고 싶지만 어제도 오늘도 방죽 위를 서성이는 것이다.

　나는, 혼자서 무대에 서 있다는 생각에 아무래도 어제보다는 흥을 잃고 서성이는 나는, 발밑에 죽은 여자의 시체를 상상하며 내려다보고 어제 방죽 위에서 다리를 벌려 누운 채 있었던 나를 그 위에 겹쳐보는 나는, 아무래도 조금 우울한 것 같다. 윤희중이 떠난 자리에, 그의 과거가 되었을 이 자리에 서 있는 나는 어제처럼 차려입고 어제도 들었던 노란 파라솔을 접었다 편다. 노래를 불러준다고 하면 그들은 좋아했다. 그를 위해서 〈어떤 갠 날〉을 불러주겠다고 했을 때 그는 내 입을 막았다. 나는 적막이 싫다. 어떤 소리든 내고 싶다. 그가 없는 자리에서 입에서 문득 흘러나오는 노래는 잊었던 노래였다. 주위를 둘러보았다. 다행히 아무도 듣지 못했다.

그 노래를 가르쳐준 이는 여자였다. 전쟁 때 우리 집 사랑방이 인민군 본부가 된 뒤 많은 인민군이 와서 밥을 먹을 때 나는 그녀를 처음 보았다. 그녀는 파마하고 화장을 하고 있었다. 아가씨들은 머리를 땋고 시집간 여자들은 비녀를 찌르는 게 당연한 시절이라 난 파마한 여자를 처음 보았다. 그 인민군 여자는 상냥했다. 그녀는 밥을 많이 먹지 않고 다른 사람들보다 일찍 숟가락을 놓았다. 난 그녀를 구경하는 동네 아이 중 하나였다. 나를 보고 그녀는 자리에서 일어나 나와 아이들을 한곳에 모았다. 옆 병사의 담요 속에서 볶은 땅콩을 가져와 조금씩 나누어주었다. 그녀가 노래를 불렀다(이 단락은 어린 시절에 고향에서 인민군을 목격한 아버지가 쓴 자서전에서 인용했다).

그녀는 아름다운 목소리를 지니고 있었다. 내가 처음 본 노래하는 여자였다. 나는 뜻 모를 노래 가사보다 빛나는 눈동자에 더 끌렸다. 그녀는 과녁을 정확히 알고 있는 화살처럼 온몸을 팽팽히 하고 목청을 높여 노래 불렀다. 나는 그녀 같은 사람이 되고 싶었다. 날아가는 화살, 분명한 음색을 가진, 빛 나는 사람. 그녀는 어떻게 되었을까? 내가 〈목포의 눈물〉을 부르는 동안, 그녀는 죽었을 것이다. 방죽 아래의 시체처럼 죽어 버려졌을지 모르고, 아버지처럼 전쟁통에 행방불명 됐을지 모른다. 그러나 어쩌면 살아 있을 수도 있다.

"자기 자신이 싫어지는 것을 경험하신 적이 있으세요?" 어제 내가 윤희중에게 물었을 때 그는 눈길을 피했다. 명랑한 목소리를 짐짓 꾸미며 내게 농담을 해댔다. 그때 나는 연극을 끝냈다. "저 서울에 가고 싶지 않아요." 그는 말뜻을 이해하지 못했다. 거짓말하지 말라고 했다. 그러나 누구나 서울에 언제나 가고 싶은 것은 아니다. 그렇게 생각하자 나는 그녀가 다시 살아 있다는 느낌이 들었다. 노래를 부를 줄 알고, 자신이 노래한다는 것을 또렷하게 의식한 그 여자. 그녀가 방죽 아래에서 기어나와 바다로 스며들어갔다.

그토록 낯설고 아름답던 무진의 안개. 처음 이 도시에 왔을 때 차창 밖으로 아무것도 보이지 않는다는 사실에 놀랐다. 놀랐고 은근히 설레었다. 나는 혼자가 된 것이다. 이곳에는 아버지도, 전쟁의 기억도 없다. 나는 무엇이든 할 수 있었지만 아무것도 할 수 없었다. 시선들이 자리를 차지하고 '울타리 없는 여자, 맘만 먹으면 어떻게 해 볼 수 있다'는 희롱이 난무했다. 그가 떠나기 전 말한 대로, "이젠 어딜 가도 대학 시절과는 다를걸요. 인숙은 여자니까 아마 가정으로나 숨어버리기 전에는 어느 곳에 가든지 미칠 것 같을걸요." 그럴지 몰랐다. "그런 생각도 해봤어요. 그렇지만 지금 같아선 가정을 갖는다고 해도 미칠 것 같은 생각이 들어요." 나는 내가 한 대답을 되풀이해보았다. 며칠이 지났을 뿐인데 대답은 귀에 낯설게 들렸다. 아무도 정말 미치지 않는 이곳에서, 미칠 것 같다는 말을 밀어로 속삭이는 이곳에서, 진짜와 가짜가 뒤섞여 난무하는 이곳에서 나는 그 말을 좀더 숨겨주고 싶었다.

외롭다는 말은 다 다른 말이니까. 어떤 외로움은 다른 외로움을 결코 이해할 수 없으니까. 미쳐간다는 말 속에는 활시위 같은 팽팽함도 활기도 있다는 것을 안다. 그는 내게 '너는 나'라고 말했지만 그게 가능한 일이 아니라는 것도 알고 있다. 윤희중은 나를 결코 떠날 수 없다. 내가 자신의 일부이기 때문이다. 그러나 나는 윤희중을 떠날 수 있다. 그가 나인 것은 아니기 때문에. 나만이 그를 만나고 헤어질 수 있는 것이다. 그는 나를 만난 적도, 나와 헤어진 적도 없다. 그것이 그와 나 사이에 일어난 모든 일이다.

나는 방죽을 천천히 거닐어 바다로 갔다. 펼친 노란 파라솔을 피어오르는 안개와 바다를 향해 던졌다. 새로운 곳으로 가고 싶었고, 허락되지 않던 것을 요구했으며, 여기까지 왔다. 폐허에서 이곳으로 왔다. 무진, 이곳은 나의 현재다. 과거 속에 있던 사람들은 늙거나 죽어가지만 안갯속에서 나는 뜨거운 체온을 가지고 살아 있다. 나는 눈을 뜬 채 안개가 내게 몰려들고도 나를 사라지게 할 수 없는 것에 환성을 질렀다. 이곳이 안개의 눈앞이라면 나는 그에게 부르지 못한 〈어떤 갠 날〉을 기꺼이 안개에게 불러줄 수 있다. 안개는 몸이 잘게 잘게 부서져 내 호흡 속으로 들어오는 무수한 숨결들이었다. 떠나간 사람들의 자리를 지워주고 홀로 된 이들의 숨결을 또렷이 느끼게 해주는 안개, 죽은 여자를 되살려주고 잊힌 노래를 흥얼거리게 해주는 안개. 이 안갯속에서 나는 나 자신을 끌어안고 나의 노래와 만난다. 어떤 갠 날. 그것은 안갯속에서 부를 수 있는, 안개만이 쓰다듬어줄 수 있는 나의 몸, 나의 노래.

나혜석의
마지막 독백

이상경

《나는 인간으로 살고 싶다》

한길사

2009

'영원한 신여성' 나혜석은 여러 이름으로 불린다. 한국 최초의 여성 서양화가, 작가, 사상가, 페미니스트, 패배자. 1896년 경기도 수원에서 태어나 도쿄 여자미술전문학교에서 공부하고 귀국했다. 3·1 운동 여학생 참가를 계획하다 체포돼 5개월 동안 감옥에 갇히기도 했다. 변호사 김우영을 만나 결혼해 화가로, 아내로, 어머니로, 자의식을 가진 신여성으로 활발히 작품 활동을 했다. 남편은 일본 외무성에서 근무했고, 나혜석은 상류층의 혜택을 누리며 만주와 유럽과 미국도 여행했다. 유복한 생활은 나혜석의 자유분방함을 이해하지 못한 남편의 이혼 신고로 끝이 났다. 그 뒤 경제적 곤궁에 시달리며 작품을 창작했다. 첫딸을 낳은 뒤 〈모^母된 감상기〉를 신랄하게 써서 사회의 반발을 샀고, 이혼하고는 〈이혼 고백장〉을 써서 여성에게만 강요하는 '정조'를 비판했다. 1948년에 서울 원효로 시립 자제원에서 사망했으며, 이듬해 사망 사실이 공식으로 알려졌다.

평전을 쓴 이상경은 나혜석을 이렇게 평가했다. "나혜석은 여성 작가로서 언제나 자신이 내딛는 한 걸음의 진보가 조선 여성의 진보가 될 것이라 믿었고 여성에게도 자아가 있다는 것을 세상에 알려 여성 역사에 의의를 가지게 하려 했다."

나혜석의 말과 행동은 의식적으로 미래를 향했으며 변화와 진보를 긍정했다. 나는 나혜석의 작품을 읽으면서 어떤 상황에서든 자기 시선과 느낌으로 세상을 보고 그 내용을 기어이 기록해두려는 의지에 깊은 인상을 받았다. 나혜석은 좀더 자유롭고 넓은 세상을 보려 했다. 작품 속 육성으로 만난 나혜석은 단호하고 인간적이며, 현실과 이상의 괴리 속에서 깊은 고통을 느끼는 사람이었다. 나혜석은 죽음 앞에서 어떤 생각을 했을까? 추운 날 먼길을 떠나는 늙은 나혜석을 말리는 한 아이와 그 아이에게 나혜석이 마지막 독백을 하는 모습을 상상했다. 독후감 삼아 나혜석의 마지막 말을 써봤다.

아이야, 너는 나보고 가지 말라고 하는구나. 그 말에 나는 무춤하게 서서, 또랑또랑 큰 소리로 말하는 너의 얼굴을 잠시 들여다보게 된다. 밖에는 눈이 내리고 요철이 분명하게 드러나는 세상이 완연히 굴곡질 터인데, 내 귓가에는 너의 울음 섞인 목소리가 들리는구나. 나보고 '바보, 등신 아줌마'라 하였느냐. 네 말이 옳다. 나는 바보요, 등신이다. 이렇게 침을 흘리고 팔다리를 비틀거리며 기우뚱 일어나 움직이는 모습이 네 눈에는 필시 천치처럼 보일 것이다. 그러나 그것은 네가 껍데기만 주시해 볼 뿐, 그 아래에서 생동해 움직이는 영의 기운을 느끼지 못하는 탓이다. 너는 이 외피 속에 구슬처럼 빛나는 영롱한 어떤 것이 여전히 남아, 숨을 씨근덕거리고 있음을 미처 알아채지 못했다. 이 세계를 육의 눈으로만 보는 것은 반쪽이요, 영의 눈으로 함께 볼작시면 그 온전한 모습이 너의 눈에도 드러나게 될 것이니, 몸이 사위어가도 생명의 불꽃은 여전히 불타고 있다.

그러니 아이야, 나는 가야 한다. 이제 죽는다고 울고불고하는 것은 네가 아직 인생이 무엇인지 잘 모르기 때문이다. 어쩌면 당연하다. 천애고아나 다름없는 네가 이 떠돌이 늙은이를 얼마나 살뜰히 걱정하고 챙겨주었는지 기억한다. 가진 것 없는 나도 메마른 가슴에서 나는 진물 같은 정이나마 네게 주려고 애썼다. 여관, 양로원, 보육원을 전전하며 퍽 많은 사람하고 부대꼈는데, 그중 헤어질 때 내 손을 잡고 울고불고한 사람들도 곧잘 있었다. 풀 데 없는 정을 그들에게 친절한 말로, 떡 해먹는 것으로, 일을 돕는 것으로 쏟으면 그들도 정을 오롯이 내게 주었다. 졸지에 아이들과 집을 잃고 주린 마음에 객지에서 서성이던 나는 그 한 가지로 마음이 족했다. 사람이 그리워 품에 안겨드는 여남은 살 너에게도, 우리가 나눈 웃음이 절절했겠구나, 미루어 짐작이 간다. 그 어느 것도 나와 상관없는 일이니 멀리서 구경하는 마음으로 버티었지만, 울컥한 마음이 채 사라지지 않는 것을 보면 너와 나눈 짧은 일별도 생채기에 앉은 뜨뜻한 딱지처럼 어지간히 내 속을 위무해주었던 듯하다.

아이야, 나는 죽으러 가는 것이 아니다. 살려고 간다. 언제나 사는 길을 택해왔다. 길이 있어 정한 것이 아니라 살려니 그 길밖에 없었다. 사람이 마음만 먹으면 못할 것이 없다고 이를 물고 살았다. 사람이 짐승처럼 주는 밥만 먹고 똥만 잘 누면 사람인 것이 아니라, 사람은 사람다움을 증명해야 하고, 머무르지 말아야 하고, 자기 길을 끝까지 만들어가야 한다 생각하고 딴에는 그리 살아왔다. 그래서 이 세상 온갖 화려한 찬사와 안존할 집이 사라졌어도 나는 절망하지 않았다. 붓을 팽개치지도, 머리를 깎고 중이 되지도 않았다. 수덕사의 일엽이 그렇게 권해도 되레 진지한 제안을 비웃었다. 나는 이전의 삶과 이후의 삶이 하나의 오솔길로 이어졌다는 것을 알았고, 적막하고 쓸쓸할지언정 세상과 싸우고 나와 싸우는 것을 그만두고 싶지 않았다. 금강산에서 애간장을 끓으며 그린 그림이 허망하게 타버리고 수족이 떨려 운신이 자유롭지 못할 때도, 내 자식이 너만 할 때 죽고 세상 사람들이 나를 타매하고 부정한 여편네라며 방 한 칸 허락하지 않을 때도, 나는 한 번도 이전의 나와 지금의 내가 다른 사람이라고 생각한 적이 없었다. 나는 나고, 개성을 가진 한 사람이었다. 개성을 지키는 것이 조선 여자에게 허락되지 않은 일이고 보면, 이 땅 무수한 사람들의 고혈 덕분에 내가 얻은 지식과 작은 재능을 어떻게 하면 잃어버리지 않고 되돌릴 수 있을까 몸부림쳐왔다. 그것이 나의 개성이었다. 나였다. 나는 지금까지 글을 쓴다. 하소연할 생각이었다면 한 줄의 글을 쓰지도, 한 점의 그림도 그리지 않았을 것이다. 떨리어 알아볼 수 없는 글씨에, 쓸데없는 얘기로 누구를 괴롭히려 하느냐는 소리가 쟁쟁하지만 나는 쓰는 것이다.

그러니 내가 지금 나서는 길은, 죽으러 가는 길이 아니라 살러 가는 길이다. 아무도 모르게 내가 지켜온 것이 무엇인지 네가 안다면, 내가 세상을 이웃 삼아 건네온 말이 무엇인지 안다면, 너는 그렇게 애처롭게 나를 보지 못할 것이다. 오히려 박수를 치고 웃음을 지으며 '장하오, 아주머니. 평생 배신이라는 것을 모르고 살았으니, 어찌 떳떳하다 하지 않겠소!' 하고 넉넉히 칭찬할 수도 있겠다. 애석한 것이 있다면, 조선 여자로서 뭔가 더 굳건히 해놓기를 꿈꾸었는데 딱히 세상에 돌려준 것이 없다는 자괴감이다. 표변하는 사람들을 보고, 등 돌리는 벗들을 보고, 궁핍한 생활 속에서 나도 모르게 조금씩 겁먹었다. 좀더 활발하지 못하고 마음껏 생산해내지 못했지만, 그 또한 욕심이겠지. 가슴은 죽은 자식과 산 자식들이 그리워 타들어가고, 육신은 병으로 곯아갔으며, 아무도 모르게 밤새 울고 한탄한 시간이 많았으니, 묵묵히 붓을 들고 정신을 차려 길을 놓지 않는 것만 해도 발버둥이 필요한 것이었다. 아무도 모른다 해도, 일개 존재로 나의 개성을 끝끝내 잃지 않고 이 자리에 있으므로, 오솔길을 혼자 여전히 걸어가고 있으므로, 나는 이 세상에 의미가 있었다.

알겠느냐, 아이야. 문밖의 외길은 여태 걸어온 길들과 다른 길이 아니다. 저 눈보라는 내가 겪은 바람과 다른 것이 아니다. 네 애틋한 만류에 철퍼덕 주저앉아 함께 눈물짓는다면 그것만큼 우스꽝스럽고, 스스로 부끄러운 것이 없을 테다. 그만큼 내게는 일신의 안위보다 더 시급한 진실이 있고, 그 진실 없이는 이때까지 한 걸음도 떼지 못했을 것이라는 말이다. 끝내 나를 잃지 않은 내가 자랑스럽다. 마지막까지 흥분을 느끼고, 보따리를 싸고, 길을 떠나며, 풍광을 샅샅이 눈과 귀와 코와 마른입과 비틀거리는 팔다리로 끌어안으려 하는 것이다. 이런 나의 작태를 자랑스러워하는 것이다.

이제 나를 놓는구나. 아이야, 너는 참말로 영리하다. 한 개인이다. 한 세상이다. 너는 작은 집에 갇힌 무력한 아이가 아니라 세상을 품은 찬란한 생명이다. 너를 만난 것을 기뻐한다. 저 백설의 분분한 유영 속에서, 세상의 희디흰 요철 속에서 진실의 그림자를 느끼듯,

너의 또렷한 음색과 따뜻한 눈물 속에서 다시 다가올 봄을 느낀다.

그러니 아이야, 이제 인사를 하자. 내가 이제 떠나면 시간은 가고 자취는 사라져 너를 다시 만날 일 없겠지만 너는 기억할 것이다. 아무도 지켜보지 않는 곳에서도 묵묵히 자기 길을 걸어간 사람이 있어, 눈으로 뒤덮인 혼돈 속에서도 풍경이 살아 움직이고, 멀고 가까운 것을, 이곳과 저곳을 분간할 수 있게 됨을. 지금은 이곳에 너와 내가 있지만 이제 곧 나는 저곳에 있을 것이다. 그럴 수 있다는 것이, 내가 너의 소실점이 될 수 있다는 것이 아니 기쁘냐. 눈보라 속에 쓰러질까 저어하는 환영의 껍질에 굴하지 말고, 하늘에서 땅으로 내리고 넘치는 모든 틈바구니에서, 용감하게 한 걸음 한 걸음 내딛는 발자국을 기억해다오. 발자국을 찍는 휘어진 사람의 몸뚱이를 기억해다오. 보이지 않는다고 사라지는 발자국이 어디 있겠느냐. 그것이 어찌 나의 길이라고만 하겠느냐. 그것을 어찌 하나의 풍경으로 고정할 것이냐. 그리고 그것을 어찌 너의 길이라고 하겠느냐.

아아 사랑하는 소녀들아
나를 보아
정성으로 몸을 바쳐다오
맑은 암흑 횡행할지나
다른 날, 폭풍우 뒤에
사람은 너와 나
(나혜석, 〈인형의 家〉, 1921의 마지막 부분)

엄마의 세월, 여성의 시간

문승숙

《군사주의에 갇힌 근대》

또하나의 문화

2007

〈국제시장〉을 보고 나오며 엄마가 묻는다.

"근데 왜 저 부인 가족 이야기는 안 나오지? 둘 다 독일에서 광부로, 간호사로 일하다 만났고, 여자도 맏이라 자기 가족을 책임져야 했다면서, 결혼한 다음 부인 친정 쪽은 어떻게 된 건지, 맏딸이 더 안 벌어줘도 되는 건지, 어떻게 됐나 하는 그런 얘기는 왜 없냐?"

이상하다는 것이다. 왜 여자가 결혼하고 나면 남자 쪽 가족으로, 게다가 의존적 존재로 그려지는지 말이다. 이런 말도 했다.

"마지막 장면 참 안됐더라. 남편이 아버지를 부르면서 그동안 힘들었다고 우는 장면 말이야. 그러게 남자들이 밖에서 돈 벌려면 얼마나 힘들었겠냐."

엄마는 왠지 미안해하는 목소리로 말했다. 주인공은 자기 아버지의 두루마기를 끌어안고는 힘들었다고 운다. 옆방에는 아내와 자식과 손주들이, 그러니까 평생 아버지의 노동력만을 그늘 삼아 번창한 가족이 화기애애하게 둘러앉아 있다. 서울의 휘황찬란한 야경이 배경으로 나오는데, 그 장면은 폐허에서 성장한 국가, 번영을 일군 이들은 아버지들이라는 의미를 담고 있다. 엄마는 단박에 그 뜻을 알아채고 주눅이 들어버렸고, 나는 불편했다. 평생 전업주부로 산 엄마를 아무 생산도 하지 않은 사람 취급을 한 탓이었다.

주인공은 독일의 광산에서, 베트남의 전쟁터에서, 시장통에서 악다구니를 쓰며 목숨걸고 '생계 부양자' 노릇을 하는 남편이지, 돈과 편지를 받고 울먹이면서 시댁 식구 챙기고 자식 낳아 키우고 살림하는 아내는 아니다. 남편의 욕지거리와 분노는 생계 부양자로서 터뜨릴 만한 울화통이며, 아내는 그 감정을 이해하고 두둔하느라 바쁠 뿐 자기 분노는 터뜨리지 않는다. 나는 이 영화가 강렬한 정서적 환기를 가져오지만 여성을 묘사하는 방식은 틀렸다고 생각했다. 성별에 따라 서로 다르게 동원된 근대화 과정을 간과했기 때문이다.

《군사주의에 갇힌 근대》는 한국의 경제와 정치에서 나타나는 성별 관계의 비대칭성이 '여성과 남성이 국가에 통합된 방식의 차이' 때문이라고 설명한다. 한국의 군사화한 근대성에서 핵심은 반공과 국가 안보 이데올로기였다. 반공 국가는 국민을 감시하고 정상화한다는 명분으로 제도화한 폭력까지 사용해 개인을 개조할 수 있었다. 산업화 과정에서 여성성과 남성성은 성별 위계를 따라 만들어졌다. 아내는 가정주부고 남편은 생계 부양자라는 통념이 자리잡고, 여성과 남성은 성별에 따라 다른 일을 하게 됐다. 남성은 노동 시장에서 특권을 누릴 수 있었다. 안정된 전일제 일자리를 구할 수 있었으며, 국가 정책과 제도, 기업체와 공장의 관행, 가족생활, 학교 교육, 대중매체가 모두 이런 상황을 지지했다. 여성은 일했지만, 산업화한 경제의 공식 일꾼으로 여겨지지 않았다. 국가는 여성에게 사적 영역의 주부라는 공식 이름을 붙였다. 여성에게는 '가족계획'과 '합리적 가정 경영'만이 강조됐다. 군사 정권은 남성을 군사적·경제적으로 동원하려 제도적 뒷받침을 했지만, 여성에게는 그렇게 하지 않았다. 여성은 차별적으로 통합됐다. 1960년대부터 20여 년에 걸친 산업화를 겪으면서 '생계 부양자' 남편과 '가정주부' 아내라는 이데올로기는 굳어졌다. 모든 계층의 남성들이 자기를 '가족 부양자'로 여겼고, 농촌 여성이나 도시 빈민 여성도 자기를 '가정주부'로 불렀다.

문승숙은 자본주의 사회에서 임금 노동은 여성이 시민성을 확립하는 데 꼭 필요하다고 말한다. 여성은 일을 해도 제도적 노동 시장에 진입하기 어려웠다. 정치체 구성원의 자격도 가족과 친족에 얽매이게 됐다. 여성은 가족의 재생산을 담당하는 주부로 여겨질 뿐, 정치적 권리를 지닌 시민으로 인정되지 않았다.

산업화 뒤 우리 사회가 맞닥뜨린 과업은, 여전한 반공주의와 국가 안보 이데올로기를 어떻게 쇠퇴시키는지, 그리고 여성과 남성이 정치체의 구성원이자 평등한 시민으로 등장할 수 있는지였다. 문승숙은 한국에서 시민운동이 남성의 군사적 동원에 문제를 제기하지 않은 점을 짚는다. 또한 여성이 시민의 권리를 얻으려 투쟁할 때 모든 여성의 평생 평등 노동권을 위해 범계급 성향을 띤 여성 단체가 중심에 있었다고 강조한다. 요컨대 한국의 여성과 남성은 자기가 누구인지, 스스로 어떻게 인식해야 하는지, 정치체의 구성원으로서 어떻게 권리를 쟁취할지 결정하는 투쟁을 계속하고 있다. 1988년에 군부 독재에서 절차적 민주주의로 이행하기 시작하고 1993년에 '문민 정부'가 출범했지만 '민주화 이후의 민주주의'가 확립되지 않은 현실 속에서, 몇 차례 정권이 바뀐 지금에 이르도록 여성과 남성은 평등하고 민주적인 시민의 권리를 쟁취하려 싸우고 있다.

그래서 나는 우리 사회가 애써 넓혀온 인식의 지평을 잘라먹은 듯한, 평등한 권리를 주장하며 싸우는 사람들의 자리를 지워버린 듯한 그 우는 장면이 '거짓말을 하고 있다'고 생각했다. 국가와 일체가 된 듯한 아버지의 울음소리만 가득한 화면에 다른 울음소리들이 켜켜이 겹쳐 들렸다.

엄마는 대구에 있는 방직 공장에 다니다 1974년에 결혼해 전업주부가 됐다. 국가가 시키는 대로 가족계획을 했고, 정해진 수의 아이를 낳았으며, 대대적인 국가 캠페인에 발맞춰 저축과 절약을 했다. 가부장 권위주의가 강한 농촌에서 친족의 소임을 다하려 동분서주했고, 남편이 직장에 간 사이 집을 지키며 자식들을 길러냈다. '가정경제의 파수꾼', '가정의례 준칙의 실천자', '근대적이고 교양 있는 어머니'까지 엄마는 국가가 제시하는 목표 앞에서 한 번도 경험해보지 못한 모성의 실천을 온 힘을 다해 해냈다. 엄마는 민주주의가 무엇인지 잘 모른다. 그런 엄마가 〈국제시장〉을 보고 미안해한다. 그동안 너무 한 게 없다고. 남편 덕에 산 세월이니 미안하다고.

그러고는 갸우뚱하며 다시 묻는다. 영화 속 저 아내는 노동자가 아니었느냐고, 저 여자가 산 세월은 도대체 어디 갔느냐고. 엄마는 영화 속의 말 없는 아내를 한 사람의 노동자로, 인간으로 보고 있었는데, 그건 그동안 자기가 한 일을 아무도 몰라줘도 엄마는 분명히 기억하고 있기 때문이라고 나는 생각했다.

신사임당 동상 앞에서

이이효재

《조선조 사회와 가족》

한울아카데미

2004

오랜만에 고등학교에 찾아가 할 말을 잃었다. 모든 것이 그대로 있었기 때문이다. 20년 지난 세월이 무색하게 더욱 싱싱하고 원기 왕성했다. 건물에도 '싱싱하다'는 표현을 쓸 수 있다면, 하늘 아래 우뚝 선 위용은 기억보다 더 거칠 것 없었다. 되레 당황스러울 일이었다. 시간이 지나면 쇠락하는 몸처럼 건물도 그렇다고 여겨 적당히 빛바랜 호젓함을 상상한 것인지도 모르겠다. 학교는 많은 졸업생을 배출하고도 붉은 벽돌에 이끼 하나 끼지 않았고, 양옆에 신축 건물까지 거느렸다. 그 아래에 서 있는 나는 작게 느껴졌다. 재킷에 치마를 입은 여학생이 지나간다. 교복도 똑같다. 시간이 멈춘 듯하다.

신사임당 동상이 학교 앞 계단참에 버티고 있다. 치마폭을 펼치고 앉아서 두루마리 책을 펴들고 있다. 전부터 있었는데 깜박 잊고 있었다. 설마 아직도 그게 있을까 하는 허튼 짐작 탓이었을 게다. 생생하게 남아 있는 것들을 보니 오싹하다. 동상 또한 생각보다 거대하게 보인다.

그러고 보니 한술 더 떠 새로 생긴 건물 이름도 '충효관' 같은 것들이다. '선비의 고장'으로 홍보하는 곳이니 이상할 것도 없다. 학교 옆에는 향교가 남아 있다. 수업하는 우리 옆에서 유생들이 제례를 올린 일도 있었다. 향교 자리에 여학교가 들어선 뒤 지역 경제가 어려워졌다는 험담을 들은 적도 있었다. 부모님을 모시려고 대학 진학을 포기하고 취업한 여고생 기사가 미담으로 신문에 실렸다.

"여자는 결혼해서 애 낳으면 똑같아." 선생님이 한 소리였다. 뭐더 지독한 소리도 많이 들었다. 교실 창밖으로는 언제나 신사임당의 뒤태가 보였다. 우리가 갈 길은 신사임당? 이를테면 현모양처로, 배워도 배운 티 안 내고 애 잘 키우고 남편 잘 섬기는.

'여자애들 배워봤자'와 '배워야 산다'가 함께 여학교 안에 뒤죽박죽돼 있었다. '경쟁에서 이긴 한두 놈은 서울 가서 출세하겠지' (어떤 출세인지 딱히 모르지만), '나머지는 여자 팔자 거기서 거기니까 집에서 애나 키우겠지' 같은 냉소가 스며 있었다. 그때는 억울해도 뭐라고 할 줄도 몰랐지만, 지금은 그게 얼마나 어리석은 소리인지 안다. 지금 신사임당 동상도 어리석어 보인다. 책을 뚫어지게 쳐다보고 있지만, 어딘가 자신감을 잃고 맹하다. 동상이 말하는 내용은 신사임당의 실제 삶하고는 상관없다. 1960년대 박정희 정부는 산업화를 추진하면서 정책적으로 한국 여성을 전업주부로 자리매김했고, 이상형으로 '신사임당'을 내세웠다. 군사주의 문화 속에서 바람직한 현모양처로 치켜세워진 신사임당. 살뜰하게 이용당하고도 아직 떨떠름한 웃음을 짓고 있다.

거기에 견주면 남자랑 자고 나서 신사임당 꿈을 꿨다는 친구의 말은 더 솔직했다. 신사임당이 입에 칼을 물고 피를 흘리며 나왔다고. 유관순 열사도 피를 흘리며 거울에 나타난다는 괴담이 있으니 그럴 수 있지 싶었다. 그런데 하필 왜 신사임당일까? 신사임당이라면 혼전 섹스는 안 했을 거고, 아버지가 싫어할 짓은 안 했을 테고, '처녀'로 고이고이 살다 현모양처가 됐을 거라는 신화가 그런 꿈을 꾸게 한 게 아닐까? 의식은 앞서도 뒤처지는 무의식이 애를 써 농간을 부린 결과가 그런 꿈인 게다. 꿈을 꾼 당사자는 얼마나 무섭고 두려웠을까.

가부장제 신화는 우리 마음에 오래 남아 있다. 외양이 전부가 아니어서 태연히 살아도 속으로는 태연히 살지 못했고, 과거가 지나가도 과거에 붙들려 있을 때가 많았다. 잘못된 교육의 해악은 오래오래 무의식에 남았다. 자책감은 스스로 더 아프게 했다. 그 통에 왜곡돼 나온 또 다른 욕망이 있었다.

고등학생 때 어떤 친구가 아이에게 젖을 빨리면 어떤 기분일지 물었는데, 도전하는 듯한 말투에서 나는 그 애가 '남자랑 자면 어떤 기분일까?'를 바꿔 말한 거라고 느꼈다. 억압이 강하니 욕망은 용인하는 말로만 표현됐다. 한편으로는 로맨스 소설을 읽고, 신사임당처럼 현모양처가 되는 게 꿈이라 하다가, 교복 속에 꼭꼭 감춘 젖을 쪽쪽 빠는 아기 얘기를 하고, 남녀 성기가 결합하는 모양만 과장한 음담패설에 키득대며 우리는 학교 안에 있었다.

학교 뒷산에 '바바리맨'이 종종 나타나 성기를 꺼내 흔들어댔고, 강가에서 발견된 여자 시체가 훼손된 상태라는 소문도 흉흉했다. 옆집 여자가 강간당했는데 이웃집 남자가 그랬다더라, 그래서 여자가 복수로 그 남자 아들을 납치했단다, 봉고차에 잡혀 인신매매단에 팔려가면 영영 못 돌아온다, 진위를 가릴 수 없던 무성한 소문들. 어쩌면 한 가지인 소문들. 'Just a girl', 너희는 여자일 뿐이야, 영화에도 종종 나오는 문구.

신사임당 동상 앞에서 우리는 신발을 벗고 슬리퍼로 갈아 신은 뒤 학교로 들어갔다. 한밤중이 돼 나와 신사임당 동상 앞에서 신발을 갈아 신고 집으로 돌아갔다. 아침 일곱 시에 집을 나와 밤 열한 시에 집에 갔다. 왜 공부하는지 모르겠지만, 이곳에 왜 갇혀 있는지 모르겠지만, 무성한 소문과 농담을 화제 삼아 겨우 키득거리며, 앞날이 좀 더 좋아지겠지 하는 꿈을 꾸면서. 한 가지 꿈은 한 가지 길을 내준다는 교과서의 가르침을 생각하면서.

학교와 운동장이 전부여도 산너머 세상을 동경할 줄 알았다. 저녁노을이 아름답다고 창가에 다다다닥 붙어 있을 줄 알았다. 동성 친구에게 가슴 두근거릴 줄 알았다. 교문 앞 나무를 벤다고 끌어안고 울 줄 알았다. 자판기 커피 한 잔 들고 어설프게 읽은 시를 이야기할 줄 알았다. 떨어진 꽃을 주워 만든 목걸이를 친구 목에 걸어주고 좋아할 줄 알았다.

가정 폭력으로 남편을 신고하고 겨우 이혼한 친구가 그런다. "선생이 되는 게 꿈이었는데, 거의 다 된 것 같았는데, 왜 이렇게 됐지?"

유복한 결혼 생활을 한다고 남들이 부러워하는 또 다른 친구는 일상의 모멸감을 참지 못해 이렇게 말한다. "내가 정말 바보 같아서 이렇게 사는지, 능력이 있는데 그걸 몰라서 뛰쳐나가지 못하는 건지 모르겠어."

혼자 아이를 데리고 외국으로 떠나던 한 친구는 지친 눈을 하고 말했다. "열심히 산다고 살았는데, 세상에 정답은 없나 봐."

세상에는 정답이 없는데, 이 오래된 고등학교는 아직 정답을 가지고 있는 것처럼 군다. 여전히 건재한 동상과 구호, '하면 된다'는 다그침. 생생한 우상 앞에, 상처받고 살아 있는 우리가 오히려 비현실적으로 느껴진다. 삶이 없기 때문에 유지될 수 있는 무책임한 것, 삶을 외면하고 무지하기에 유지되는 체제. 세뇌당할수록 더 어두운 곳으로 숨을 사람들의 악몽.

신사임당은 세월을 타지 않아 우리보다 젊다. '살아보니 그렇지 않던데요, 거짓말쟁이.' 대꾸해도 웃고 있고, '믿은 만큼 골병들더군요. 왜 아직도 거기 있어요?' 항의해도 웃고 있다. 박제화한 우리 근대화의 우상, 믿는 이 없어도 여태 당당한 거짓말.

우리의 삶과 가족을 직조하고 세상을 움직이는 동력은 조선 후기하고 많이 겹친다. 한국의 근대화는 전통적 가부장제를 적극 활용했다. 그래서 조선의 가부장제가 만들어지고 유지된 과정을 제대로 아는 게 지금 우리에게 중요한 지식이 된다. 이이효재는 그런 바람을 품고 《조선조 사회와 가족》을 썼다. 계층과 지역과 성에 따른 가부장제의 양상과 차이를 자세히 구분해, 전통 사회로 일컬어지는 조선 시대의 실상을 드러내고 긴장과 역동성을 분석했다. 또한 이런 체제를 뒷받침한 사회경제적 기반을 파헤치고, 문화사적인 이해를 통해 가부장제가 인위적으로 만들어지고 균열하며 유지된 체제라는 사실을 밝혔다. 종족을 중심으로 하는 성姓 불변의 법은 조선의 가부장제에 기인했다. 가부장제는 신분 차별의 사회경제적 기반 때문에 가능했다. 조선의 가부장제는 인간을 서열화하고 학벌을 신분 상승의 수단으로 삼았다. 조선 전기에 시행돼 중기에 확립된 신분제와 여성 차별의 질서는 조선 후기에 나라가 혼란에 빠지고 서민층의 경제 생활이 성장한 뒤에도 변하지 않았다. 서민층은 성차별과 신분 차별의 질서를 바꾸려 하기보다 호적을 위조하거나 금력 등 여러 방법을 동원해 신분 상승을 도모했다. 그래서 지배층만 누리던 가부장제 문화가 전 계층으로 퍼졌다.

조선 시대 이전에는 제사에 모족과 처족이 참여하고 재산 균등 분할과 처가살이 같은 풍습이 일반적이었지만, 조선 시대에 와서는 부계 시조와 혈통을 숭상하는 조상 숭배 사상이 확립됐다. 계층과 성을 차별하는 가족 문화와 제도를 개혁해야만 사회를 바꿀 수 있다. 남한 사회는 분단 구조를 유지하려고 전근대적 부계 친족 제도를 개혁하지 않은 채 '전통적 미풍양속'이라는 명분을 내세워 정책적으로 유지했다. 우리 사회는 여전히 인간을 서열화하고, 학벌을 계층 상승 수단으로 삼으며, 가난한 이들과 여성과 소수자들을 차별한다.

사료가 부족한데도 심혈을 기울여 이 책을 쓴 이유는 가부장제 신화와 통념에서 벗어나 민주적이고 열린 사회를 만들어야 한다는 간절함 때문이다. 전통의 이름으로 남아 있는 우리 곁의 우상이 그렇게 기세등등하기 때문이다.

"내 것도
있어요?"

김원

《여공 1970, 그녀들의 反역사》

이매진

2006

"내 애는 죽건 말건 자기 애만 귀엽단 말이군요……. 내가 바보예
요. 왜 내 애만 죽여야 되는지 모르거든요."

— 영화 〈하녀〉 중에서

왜 〈하녀〉(김기영 감독, 1960)를 인상 깊게 봤을까 생각해보았다. 드라
마가 주는 즐거움 때문이었다. 일상을 유지하려고 숨죽여야 하는 욕
망이 뻔뻔스럽게 전면에 나설 때 나오는 말들의 충격, 점잖은 대화
라면 하지 않을 말들의 솔직함과 편협함, 그 편협함이 가리키는 진
실의 풍경이 좋다.

〈하녀〉는 인위적인 영화다. 기괴한 느낌을 주는 중산층 가정의
폐쇄된 풍경이 그렇고, 등장인물의 과장된 대사와 행동이 그렇고, 무
슨 일이 일어날 것처럼 찍찍거리며 횡행하는 쥐들이 그렇다. 원하는
것을 얻으려고 살인도 마다하지 않는 행동이나, 계단에 머리를 찧어
가며 상대의 다리를 붙잡고 끌려가는 처절한 갈증도 그렇다.

하녀의 원념怨念이 절절하게 느껴지는 이유는 비천한 노동계급

여성으로 설정되기 때문이다. 공장에서 일하는 여성 노동자들보다 더 낮은 위치에서 청소와 뒤치다꺼리를 하는 하녀는, 결코 중산층 남성을 남편으로 두거나 부유한 가정을 꾸리거나 재생산권의 주체가 될 수 없다.

영화는 이런 처지를 공들여 묘사한다. 여공들의 일부로 세력을 형성하는 것처럼 보이는 하녀가 다른 여공들의 존재를 들어 주인을 협박하는 장면은 가지지 못한 여성들의 계급적 박탈감과 은밀한 연대를 보여준다.

김기영 감독의 또 다른 영화 〈충녀〉(1972)에서는 동료가 중산층 가정에 편입하지 못하고 학대당한다는 소식을 들은 '술집 여자'들이 그 집으로 몰려가 도자기며 기물을 부수고 분노를 드러내는 장면이 나온다. 〈하녀〉에서 여성 노동자 곽선영은 연애편지를 보낸 음악선생이 자기를 거절하자 공장에서 쫓겨나 세상을 떠난다.

장례식에서 곽선영의 어머니는 절규했다. "공부시킬 형편이 못 돼서 취직시켜 놨더니 사람을 병신으로 만들어 내쫓았다는 말이요!" 이 죽음은 음악 선생이자 집주인인 동식이 하녀의 협박과 유혹에 넘어가는 빌미가 된다.

이제 집주인을 차지했다고 여긴 하녀는 있을 수 없는 말을 쏟아 내기 시작한다. "뭐래두 첩이 됐으니 하녀보다 나은 게 있어야 되지 않아요?" 주인을 '여보'라고 부르고, 그 부인에게 밥을 차려 올리라 한다. 하녀는 임신하지만 온정을 가장한 부인이 건네는 권유에 넘어가 계단에서 굴러떨어져 유산하고, 나중에 왜 내 아이만 죽어야 했냐며 주인의 아들을 쥐약으로 독살한다.

영화에서 이런 장면은 이상하지 않게 전개되는데, 남자를 통해 신분을 상승하려는 하녀의 욕망이 강렬하게 묘사되기 때문이다. 배우 이은심은 욕망 말고는 아무것도 생각하지 않는 인물을 연기한다. 갖고 싶고, 대접받는 사람이 되고 싶다는 욕망의 일관된 분출은 하녀 캐릭터를 다른 영화에서 보지 못한 의지의 화신으로 만들었다. 이글거리는 눈빛을 한 채 담배 연기를 뿜어내고 피아노 건반을 두드려 댄다.

그러나 영화는 영화다. 극적 설정은 중산층의 세계관에서 크게 벗어나지 않는다. '이 집에 젊은 하녀를 둔 것도 범의 입에 날고기인가 보다'는 마지막께 안주인이 하는 대사처럼 하녀는 '날고기'처럼 취급될 수 있는 대상이다. 〈하녀〉는 결국 하녀가 만든 영화가 아니기 때문이다.

'이 모든 것이 남자 주인의 상상에 지나지 않았다'고 말하는 마무리는 영화의 상황 설정을 받아들일 수 없는 사회 분위기를 의식한 절충이기도 하지만, 주인을 갈망하며 유혹하는 하녀라는 남성의 판타지를 드러내는 장면이기도 하다.

빈곤한 여성들의 재생산권 박탈, 경제적 권리의 박탈, 고단한 노동의 현실은 영화 속에서 언뜻 모습을 드러내며 보복의 서사 속에 떠오르지만, 남성의 가부장적 시선 속에서 허용하는 정도만큼만 상상이 될 뿐 있는 그대로 묘사되지는 않는다. 그래서 '범의 입에 날고기'라는 말을 듣고도 맹한 표정으로 순종하는 현실의 하녀 모습이 마지막 장면에 다시 등장한다. 작품에서 여성은 스스로 묘사하지 않고, 대신 전달하는 목소리에는 여성들이 겪는 현실이 간과된다.

김원의 《여공 1970, 그녀들의 反역사》를 보면 1960년대 근대화가 시작되면서 혼자 상경한 이들은 대부분 미혼 남녀였고, 그 여성들의 절반은 스무 살이 되지 않은 소녀였다. 학력은 초등학교를 겨우 졸업한 정도였다. 1972년에 추산한 '하녀' 수는 24만 6000명이었고 서울에서 하녀를 둔 집은 31.4퍼센트였다.

공장에 다닌 여성 노동자는 공식적 존재였지만 하녀는 그렇지 않았다. 집 안에서 사적인 일을 하는 하녀는 가정과 사회 질서를 위협하는 '요보호 여성'으로 여겨졌다. 파출소는 식모들 신상 카드를 만들어 신원을 조회하고 범죄를 예방한다고 공언했다.

김원은 1장 〈식모는 위험했다〉에서 이렇게 말한다. "유괴, 절도, 살인, 폭행 등의 '범죄'로 해석된 식모에 대한 지배적인 담론은 식모만이 아니라, 버스 여차장 누나, 사환 누나, 술집에 다니는 여성들을 포함하는 하층 사회의 가난한 여성들에게도 적용되었다. 이런 담론이 지배적이게 된 이유는 하층 여성들이 중산층, 지배 계급에게 '이질적인 요소'로 여겨졌기 때문이었다. 중산층 가족들은 이런 공포를 제거하려고 가시적으로 그녀들을 '범죄시'하는 단어와 담론들을 만들어냈던 것이다. …… 식모 범죄의 실질적 원인은 불미스러운 관계 혹은 성적인 학대나 성폭행, 주인집에서 맡아둔 임금의 체불 등 비인간적인 대우와 경제적 문제 때문이었다. 식모들에 대한 폭행은 주로 '사형私刑'의 형태로 이뤄졌다."

하녀는 가족의 소유물처럼 여겨졌다. 주인이 휘두른 빨랫방망이로 맞아 죽기도 했고, 누명을 쓰고 달군 연탄집게로 지지는 사형에 시달리기도 했으며, 굶은 채 쇠줄과 몽둥이로 맞기도 했다. 옷을 벗긴 채 가둬져 맞고 실신하고 죽었다. 식모들은 초보적인 권리나마 찾으려 노력했지만, 더욱 불신만 받았을 뿐이다. 가족계획 사업으로 핵가족이 강조되며 주부가 육아와 가사를 책임져야 한다는 과학적인 모성 담론이 등장할 때 식모 폐지론도 함께 나왔다. 가정주부의 책임이 강조되고 핵가족 모델이 확립되자 하녀는 추방되거나 불필요한 존재가 됐다.

하녀가 사라지자 하녀를 다룬 소문과 작품만 남았다. 거기에는 중산층의 공포와 죄책감과 책임 전가가 담겨 있었다. 백인이 흑인을 차별하면서 흑인을 대상으로 성적 판타지를 만들어내고 자기를 피해자인 양 그리듯이, 지배하는 자는 지배받는 자를 성격적으로 탐욕스럽고 무분별한 존재로 규정하며 은밀한 욕망과 죄책감에서 벗어난다.

영화 속 하녀는 외친다. "이 집은 내 것이야. 선생님은 물론, 모든 이 집의 재산과 생명이 다 내 손아귀에 있다는 것을 알란 말이야." "난 당신과 지낼 수 있는 짧은 행복을 위해서 내 목숨을 바쳤어요. 죽어서 뭐가 있어요. 행복이란, 목숨이 있을 때 있는 거예요. 여기서 놓치면 하늘에 가서도 못 찾아!"

광기 어린 하녀의 외침에, 자기 손으로 생산했는데도 그 몫을 가지지 못한 이들의 그림자가 어린다. 백치 같은 무지한 존재로, 그러나 탐욕스러운 악귀 같은 존재로 묘사된 그로테스크한 모습에서, 말 없이 노동하고 부도덕한 여자애들로 취급되며 통제당하고 사적으로 전유되던 소녀들을 생각한다. 극적 구성이라는 습속, 드라마라는 장르의 통념에 기댄 상상력과 거기에 눌려 소외되고 잊히는 경험들을 생각한다. 그리고 악하지도 탐욕스럽지도 않은 사람들의 변함없는 노동의 일상과 제 몫의 권리를 기억한다.

여자 귀신이
돌아온다

백문임

《춘향의 딸들, 한국 여성의 반쪽짜리 계보학》

책세상

2001

어릴 때 읽은 《장화홍련전》은 낯설고 무서웠다. 계모가 전처가 낳은 딸들이 마음에 안 들어 물에 빠져 죽게 하거나 쥐의 껍질을 벗겨 이불 속에 밀어넣은 뒤 처녀가 낙태했다고 모함하는 장면은 괴기스러웠다. 전처소생이라는 이유로 서슴없이 딸들을 죽이려 들고, 처녀가 아니라는 것을 결정적인 모함의 증거로 삼아 딸들이 버림받게 한다는 설정이 이해되지 않았다.

가부장의 관심과 자원을 독차지하려는 여자들의 경쟁, 그중 악랄한 계모의 계략은 이제 막 동화책을 읽기 시작한 여자아이에게는 충격이었다. 고전 동화를 읽으며 세상을 배우는 게 아니라 가부장 문화의 각본을 배웠다. 조선 시대 이야기를 현대에 읽으면서 통념을 내면화하고 전승되는 이야기의 틀을 익혔다.

귀신이 돼 하소연하는, 물에 빠져 죽은 자매라니. 귀신은 꼭 소복 입고 머리를 풀어 헤친 여자 귀신이었다. 한 맺힌 여자들이 귀신이 되는데, 그 한은 가부장 제도의 억압에서 비롯한 속병이기 일쑤였다. 아이를 낳았다고 모함당하거나, 아이를 빼앗기고 죽음을 맞거나, 갖고 싶고 하고 싶은 속마음을 드러내다 처벌을 받거나, 아무것도 요구하지 않아 죽게 되거나 하는 식이었다.

예쁘고 착해서 억울하게 귀신이 되는 주인공이나 못생기고 욕심 많아서 벌을 받는 나쁜 여자나 모두 가부장제가 구획한 인물이라는 점에서는 같았다. 원귀가 될 것 같으면 콩쥐 같은 여자뿐 아니라 팥쥐 같은 여자도 원귀가 될 것이다. 못생겼다고 악역을 떠맡은 여자들도 모두 한이 많을 테니까.

예쁘거나 예쁘지 않아도, 착하거나 착하지 않아도, 남의 기준에 따라 줄 세워져 비교당하는 여자들은 속이 문드러질 테고, 그걸 모두 토로하려면 죄다 원귀가 돼 밤새 사설을 읊어야 할 참이었다. 공권력의 대행자인 사또 앞이 아니라 여자 귀신들끼리 원탁 토론을 벌여 '우리는 왜 이 모양이 됐나?' 고민해야 할 판이다.

현대 드라마를 보고 우는 여자들도 공모의 감정을 느낀다. 바뀌지 않은 관습 속에서 여자들이 겪는 일상을, '구태의연하다'고 딱지 붙인 드라마가 담아낸다. 세상이 아직 핏줄밖에 대놓고 따지는 게 없으니까 저 애가 누구 핏줄이고 며느리 될 애가 처녀는 맞냐고 따지는 드라마가 나온다. 여자들이 당하는 일이 여전히 조선 시대 꼴이니까 사극이 기세등등하고 봉건적 가족 행태가 텔레비전에 비친다. 그런 재현이 다시 현실의 편견을 강화한다.

드라마를 보는 여성들은 나름대로 절실한 이유가 있다. 제도에 적응해서 살지만, 차별에 분노하고 자기만의 욕구도 느낀다. '흥, 내가 완전히 무릎 꿇은 건 아니거든' 하고 반발하면서 드라마를 본다. 자기를 옥죄는 가부장제의 틀에 반발하지만 바로 그 가부장제가 틀

짓는 여성의 구분과 배제에도 익숙해져, 분노하면서도 꿈꾸고 반발하면서도 적응한다.

우리의 근대가 봉건 시대에 맞물려 있는 것을 안다. 무서운 여귀는 우리 중에서 추방된 어떤 존재라는 것을 안다. 지금 있는 자리가 찢기고 이겨 붙여 만든 소파, 마땅히 몫을 받아야 할 이들을 추방하고 짜 맞춘 자리라는 것을 안다.

《춘향의 딸들, 한국 여성의 반쪽짜리 계보학》은 근대 대중물의 여주인공이 놓인 위치를 연구하고 가부장과 민족의 재산으로 여겨진 여성의 정절과 정절의 문화적 재현을 살펴본다.

산업화 시기에 만들어진 여귀 공포 영화는 근대화를 상징하는 공식 여성상인 현모양처의 그늘이다. 춘향은 가부장의 세계에 들어가는 데 성공하지만, 여자 원귀는 정절을 강요하고 가문을 중시하는 가부장 질서에 희생된 이들이다. 여자 원귀들은 두려운 모습으로 되돌아와 가부장제와 근대의 허상을 비판했다. 춘향과 원귀는 근대가 아니라 전근대의 여성들로 나오지만, 군사 정권 때 진행된 산업화와 근대화가 봉건 시대의 가부장 이데올로기를 적극 활용하고 제도화한 탓이었다.

여귀는 근대 국가의 현모양처 이데올로기가 배제하고 억압한 이미지인 만큼 춘향과 여귀는 똑같이 근대의 산물이다. "오랜 세월 대중의 집단적 무의식과 교감하는 대중물은 이렇게 일사천리로 진행되어온 역사의 망각들, 흔적과 상처들을 결코 잊지 않는다. 현실 세계에서 억압된 것들이 무의식에 똬리를 틀고 앉아 언제든 계기만 주어지면 의식의 차원으로 급부상하는 것처럼 말이다." 근대사가 배제하고 망각한 기억이 대중물의 여주인공인 공포 영화의 여귀라는 두려운 모습으로 등장하게 되었다는 것이다.

억울하게 죽은 여자는 어떻게 돌아올까. 원념이 사무쳐 할퀴고 찢고 부르르 떨까, 목놓아 울까, 아무도 보지 않는 자리에서 눈물을 줄줄 흘리면서 자기 슬픔이 세상에 흔적 없이 지워지는 자리를 속상해 지켜볼까.

이이효재는 한국 여성의 한에 관해 이렇게 말했다. "여자들은 너무 오랫동안 짓눌리고 짓밟히고 저주받으며 살아왔기 때문에 그들의 한은 쌓이고 쌓였으며 설움 속에서 살다간 그들의 혼은 원혼이 되어 떠돌고 있다. 이들의 한은 어느 개인의 한이 아니라 한국 여자의 집단적인 한이다"(〈한국 여인의 한〉, 《한의 이야기》, 1989).

영화 〈귀향〉(조정래 감독, 2016)에서 성폭력을 당한 소녀가 무당이 돼 전시 성폭력 피해자인 '위안부' 소녀들의 혼을 불러오는 설정은 우연이 아니다. '귀향鬼鄕'은 '고향에 돌아온다'가 아니라 '귀신이 돌아온다'는 뜻이다.

폭력을 당해 넋을 잃은 소녀가 총살당하고 불에 탄 여자 귀신을 굿판에 부르고, 살아남은 여자는 통곡하며 쓰러진다. 혼자 돌아와서 미안하다는 울음에 귀신은 대답한다. "니가 와서 나도 같이 올 수 있었다." 그 여자들은 가부장 사회가 손가락질하며 억압한 '미친 여자들'이다. "내가 미친년이다, 우쩔래!" 침묵을 깨고 절규할 때에야 비로소 목소리를 낼 수 있었다.

여성들은 그동안 일어난 일을 알고 있다. 자기 일이 되지 않게 조심하고 구분 지으면서 외면하지만, 무슨 일이 일어났는지 모르지 않는다. 염치없어 미안해한다. 자기의 망각과 안위를 부끄러워한다. 그런 생각마저 하지 않으면, 상처 입고 곁을 떠난 이들을 차마 마주할 수 없다.

독자도 이야기를 만들어낸다. 귀신 이야기를 맞닥뜨린 여자들은 부채감과 그리움을 느끼지 않았을까. 죽은 사람들이 원귀가 돼서라도 돌아온다고 생각한다. 곁에서 사라진 사람이라도 시선을 가까이 느낄 수 있다면. 원귀가 된 여성들의 울음이 지금 자기가 참는 통곡을 대신하기도 한다. 추방된 그 여성들을 이야기 속에 되살려주고, 이름을 불러주고, 대신 통곡하고, 새파랗게 질린 침묵을 잘라 거침없이 이어지는 복수담을 꾸며 들려주고 싶었을 게다. 그런 식이나마 위로하고, 잘 가라는 작별 인사를 하고 싶었을 것이다.

떠날 수 없는 현실에서, 사람들은 이야기로 떠나는 법을 알았다. 떠나간 사람의 원통함을 이야기로 풀어주고 되살려줬다. 그래서 순응의 이야기가 고발이 되기도 했다. 매끈한 척 늘어놓는 이야기가 울퉁불퉁하게 균열되기도 했다. 비단 천 같은 이야기 안에 피 묻은 바늘이 꽂혀 있었다. 가부장제가 건네는 사탕 같은 드라마 속에서도 혀에 쓰게 배어오는 맛을 독자들은 감지할 수 있었다. 열심히 오래된 소설을 읽고 드라마를 봤지만, 그래서 또 다른 환영의 세상이 만들어졌다. 추앙을 받거나 비난을 받으며 귀신이 된 모든 여자들의 숨결이 살아 우리 곁에 얼쩡거리는 세상, 여자들은 그 환영을 자기들 베개로 삼고 버틴다.

재미 덕이든 슬픈 탓이든 대중물을 보고 제각기 훌쩍인 눈물들은, 가부장적인 소설과 드라마가 말하려 한 것보다 더 진한 외로움

에 물들어 있다. 아직 세상에 나오지 않은 이야기들로. 제각기 여귀
가 된다면 돌아와 더 하고 싶은 말들로.

아직도
나목이 살아 있다

박완서

《나목》

세계사

2012

스무 살이 돼 처음 읽은 소설이 《나목》이었다. 출판사 작가정신에서
나온 책의 살구색 표지에는 박수근 화백이 그린 〈나무와 여인〉이 있
었다. 1950년대 전쟁을 겪는 황량한 서울을 배경으로 하는데도 다
채로운 색깔로 채색한 진기한 이야기처럼 느껴졌다. 겪어보지 못한
시대의 이야기를 카랑카랑하게 들려주는 작가의 목소리는 또래의
말마디인 양 살가웠다. 그 뒤 민음사에서 새로 나온 책을 다시 읽을
때는 나이 든 화가와 젊은 동료 사이에서 갈등하는 여주인공의 사랑
이 눈에 더 들어왔다.

　요즈음 《나목》을 또다시 읽었다. 박완서의 문체가 떠오를 때가
있다. 그 신랄함과 집요함에 싫증이 나서 덮어두다가 가끔 단칼에
도마질하듯 선명하고 활달한 목소리가 그리워질 때가 있다. 작가가
세상을 떠났을 때 그 문장을 더 볼 수 없어서, 시간에 따라 변주되는
글을 만날 수 없어서 아쉬웠다.

　《나목》을 꺼내어 읽는다. 새로운 문장에 눈길이 간다. 전쟁 뒤에
집을, 오빠를, 학업을, 꿈을 잃고, 오로지 생존을 위해 미군의 비위를

맞춰가며 피엑스에서 일하는 것 말고는 선택의 여지가 없는 시절이었다. 국가는 위태롭고, 돈을 좇아 미군에게 몸을 파는 게 유일한 대안처럼 바짝 다가오는 시간, 흔들리는 군상 사이에서 스물두어 살 경아가 어떻게 그 시간을 버티며 살아가는지가 줄거리의 전부다. 꾸며놓은 허구의 살을 헤치고 작가가 이 글을 쓰지 않고는 못 배긴 이유, 창작의 동기가 무엇일까 좇으며 읽었다.

　분명한 윤리 의식으로 밝음을 지향하는 박완서의 글이 그리워지는 시간은 내 속의 뭔가가 기갈에 시달릴 때다. '착한 사람은 행복해지고 나쁜 사람은 벌 받는다'는 옛날 이야기꾼의 명징함이 그리워질 때 나는 박완서의 책을 다시 꺼내 읽는다. 장단 맞춰 질타하는 긴 사설에 입을 벌린 채 공연을 듣는 심정이 된다. 그렇게 줄줄이 사설을 늘어놓으며 사람들의 욕망을 까뒤집고 꼬집고 풍자하고 권면까지 빠뜨리지 않는 그의 소설이, 이야기라는 것을 끼고 산 시대의 산물이라는 생각을 한다. 그래서 때로 벗어나고 싶고 때로 그 치마폭에 주저앉아 무조건 끄덕이며 듣고 싶은 것이다.

　《나목》은 한 여성의 홀로서기 성장담이다. 경아는 관계를 갈망하고 외로움에 치를 떨면서, 강력하게 자기에게 영향을 미치는 부모와 심리적으로 이별한다. 공포를 직면하고 어두운 땅 위에 서게 된다. 화가 옥희도 씨는 아버지의 그리운 품으로 마냥 묘사되어, 죽은 아버지 대신 그의 품에 의지하고 싶다는 마음을 드러낸다. 그러나 어머니를 묘사한 부분은, 좋은 엄마의 전형처럼 보이는 화가의 처와 나쁜 엄마로 상징되는 성매매 여성 다이아나와 연관되어 숭배와 악담을 오가는 것이 눈길을 끈다. 성당 앞에서 '마리아'를 부르다가 미군에게 몸을 파는 다이아나는 '좋은 엄마'일 수 없다고 경아는 욕을 퍼부어댄다. 어머니에게서 빼앗아 자기에게 '몰두'시키고 싶은 심리적 아버지와, 순결하기도 하며 악하기도 한 심리적 어머니에게서 벗어나 독립하는 것은 이 책의 서사를 끌어가는 또 하나의 주요한 축이다.

스무 살에 이 책을 읽었을 때는 주인공의 사랑 이야기에 눈길이 팔렸지, 자기 눈으로 세상을 보기까지 그녀가 얼마나 두려웠고 용기를 내야 했는지는 보이지 않았다. 그녀는 미군의 비위를 맞춰 일하는 것이 재미없어 미치겠다는 절규를 속으로 하며 눈이 올 때의 기쁨을 초조하게 기다린다. 미칠 것 같아도 자기는 삶의 기쁨을 좇으며 끈질긴 집념으로 살아낼 것이라고 믿는다. 그리고 전쟁 폭격으로 죽은 오빠들을 향한 죄책감에서도 마침내 벗어난다. "나는 오빠들의 죽음에 나 말고 좀 더 딴 핑계를 대기로 했다. 그리고 나에겐 좀 더 관대하기로. 관대하다는 것은 얼마나 큰 미덕일까. 나는 진상을 지닌 고가古家를 비로소 연민과 애정으로 바라봤다. 오랜만에 고가를 고가로서만 바라봤다. 고가로부터 놓여나 자유로워진 나는 밝은 아침 햇살에서 섣불리 봄을 느끼기까지 하고 있었다."

'아주 핏빛의 기억을 잊으려고 할 때' 어떤 일을 겪게 되는지 이 작품은 정직하게 그려낸다. 화가 옥희도 씨나 화가의 부인이 추상적으로 그려졌다거나, 사랑의 대화가 피상적으로 재현되었다거나 하는 것은 작품을 관통하는 핏빛 어린 고뇌에 견주면 무게가 덜하다. 핏빛에서 벗어나는 생기 있는 독백이 이 책의 주인공이다.

한밤에 《나목》을 읽는다. 살고 싶어하고, 맛난 것을 먹고 싶어하고, 맘껏 사랑하고 싶어하는 솔직한 목소리가 듣고 싶기 때문이다. 그때는 쉽사리 꺼낼 수 없던 여성의 욕망을, 자기 목소리를, 목소리가 아니면 몸짓을 쓰더라도 자기를 표현하고 싶다는 갈망을, 다음 세대 여성들에게 물려줄 표현의 씨앗을 이 소설이 품고 있기 때문이다.

어설픈 시구가 아니라 '춥다'와 '외롭다'는 단어만이 자기 것이라는 현실을 직시할 줄 알고, 추워서 타인을 안고 싶고 젊은 남자의 체취에 가슴 설렌다고 말할 줄 알고, 허겁지겁 팝콘과 콜라를 주워 삼키기보다 미국의 두려운 부를 꼬집고 싶어하며, 신기루 같은 화려함보다 추위 속에서 폐허를 인정하고 시작하는 일이 소중하다고 말하고 있기 때문이다.

'살고 싶다'와 '죽고 싶다'는 똑같은 절실한 바람 앞에서 '살고 싶다'를 선택하고 마는 생명력, 그런데도 완연한 밝음 속에 입성하지 않고 기억이 드리우는 '그것들의 빛, 그것들의 속삭임, 그것들의 아우성을 가끔가끔 필요로 할 줄 아는' 정직함, 그런 힘들이 꿈틀거리고 있어서 아직도 《나목》이 살아 있다. 60여 년 전의 이야기를 이토록 가깝게 느끼게 하고, 눈보라 속을 걸어 나온 목소리를 이렇게 따뜻하게 느끼게 한다.

국가의 이름 때문이 아니라 인간다움을 믿은 덕에 사람들은 살아낼 수 있었다. 물려받은 이야기들은 안쓰러운 증언이자 온몸을 바친 격려다. 살아온 세월은 사라졌지만, 우리에게 남은 이야기의 조각들은 얼마나 소중한가. 갈 길을 잃어 헤매는 모퉁이에서 잠시 이 조각 위에 엎드려 쉬기도 한다.

당신의 물 깊이를
알고 싶습니다

《당신을 사랑합니다》

삶창

2012

제주도가 고향인 친구가 말했다. "육지 사람들은 바다를 그리워하지만, 제주도 사람들은 육지를 동경하지."

대학에 입학해 처음 기차를 타보고 강이 신기했다던 그 친구는 늘 어머니 이야기를 하고 싶어했다. 친구의 어머니는 해녀였다. 잔치에서 한 번 뵀는데 바위 같은 구릿빛 얼굴에 단단하고 해맑은 웃음을 짓고 있었다. "어머니 이야기를 기록해야 하는데……." 그 친구는 입버릇처럼 말했다.

2013년 연말에 제주도 여행을 하다가 버스에서 무작정 내린 곳이 김녕 바다였다. 옥빛 바다가 고와 보여서 내렸는데, 그날 마침 돗제가 있어서 마을 사람들을 만날 수 있었다. 두어 시간 남짓 마을을 안내받았다. 올레 20코스가 지나는 곳이었다. 스쿠터를 타고 바다로 가며 인사를 건네는 해녀가 있었고, 바닷가에 쪼그리고 앉아 허옇게 배를 가른 생선을 씻는 해녀도 보였다. 겨울 바닷가에는 해녀들이 작업하느라 피워놓은 모닥불이 타고 있었다.

김녕은 제주의 북쪽이라 바람이 세고 땅이 척박해 오로지 바다

154

155

에 의지해 살았다고 했다. 돈 되는 것은 바다밖에 없었단다. 누군가 말했다. "아침에 일어나면 바다에 가. 떠내려온 미역을 가져다 팔고 와서 아침밥을 먹었어."

지금은 해녀가 200여 명 살고 있는데, 거의 노인이다. 해녀가 혼자 살다 죽으면 외지인이 와 낡은 집을 헐고 카페나 양옥을 짓는다. 그래서 마을에 군데군데 새 건물이 있었다. 이곳에서 50년을 산 토박이 부녀회장은 아쉬워하는 눈치였다. "저기는 ○○ 할망이 살던 데고, 여기는 ○○ 할망이 살았는데……." 마을의 오랜 역사를 간직한 할망이 떠난 자리가 그렇게 사라지기 때문이다. "고장 나지 않는 게 세월밖에 없어. 시간의 흐름에 다 변해가고……. 요즘은 조왕도 부뚜막이 아니라 싱크대 위에 앉는다니까." 부녀회장이 농을 하자 모두 웃었다.

나는 《당신을 사랑합니다》를 떠올렸다. 민중의 입말이 담긴 그 책에 한 제주도 해녀 이야기가 실려 있다.

잠녀라게. 좀녀, 좀네라고도 불렀시니. 일본 놈 시대에는 잠녀를 천시해서 해녀라고 막 불렀다게. 조무질 하는 사람들은 이력이 천하니까 자식들한티 한 자라도 더 가르쳐서 뭍에서 벌어먹고 살게 하지 자식들 안 시키거덩. 어떡하든 내가 돈 벌어서 대학 시키고 공부시킨다. 고생스러우난 자식들한테 물려줄 일이 아니주게. 살림은 힘들고 자식을 키우다 보단 이 나이 되두룩 물질허게 됐주게. 물질한 지 60년이 넘었주. 내 고향은 제주 모슬포 바닷가라게. 예닐곱부터 물장구치고 놀다 열두세 살 되난 두렁박 차고 물질 시작했다게.

마을 안쪽으로 들어와 보는 검은 현무암 너머의 바다는 검푸르렀다. 한 어른이 설명한다. "여기는 뗏목 타고 노 젓고 바다에 고기 잡으러 다니던 이들이 드나들던 항구라. 우리 어릴 때 시체가 많이 내려왔어요. 요 맞은편에 남자 시체, 여자 시체 나눠서 묻었는데……."

주위는 어둑하고 한기가 느껴진다. 뗏목 하나에 맨몸뚱이를 싣고 바다에 나가 풍파를 무릅쓰고 사투를 벌일 수밖에 없었다. 해녀도 그렇게 노래 불렀다.

너른 바당 앞을 재연(너른 바다 앞을 재어)
흔 질 두 질 들어가난(한 길 두 길 들어가니)
저승길이 왓닥갓닥(저승길이 오락가락)

사람들이 기억하는 마을의 길은, 바다 풍경이 담겨 외지인의 눈을 즐겁게 하는 길하고는 또 다른 이야기들을 품고 있었다. 깨어진 사기그릇 조각, 이름 없는 산, 한 그루 나무에도 이야기가 있었다. 부모들이 자식의 무병장수를 바라며 깨뜨리고 간 영등물당 아래 그릇 조각들, 어머니들이 짚을 이어다 초가지붕을 엮던 산, 먹을 것이 없어 꽃이 피기 전에 먹던 단맛 나던 삥 밭, 그 모든 이야기의 주인공은 단연 해녀였다.

큰당도 봤는데, 아직도 해녀들은 그곳에 가 기도한다. 관목에 둘러싸인 컴컴하고 좁은 돌담 길을 따라 안으로 들어가니 깊숙이 당산나무가 있었다. 해녀들의 나무는 경건한 침묵에 싸여 있었다. 물질할 때나 잠들 때나 살아 있는 자식과 죽은 자식을 위해 기도하던 해녀를 그려본다.

부녀회장은 마을 한쪽 길을 걷다가 말한다. "4·3 때 대낮에 이 길에서 총질하고 난리였지. 그래서 친정에서 절대 이 동네로는 시집가지 말라 했어요." 그냥 미신이라고 웃고 마는 모습을 보며 제주도 친구를 다시 떠올린다.

친구는 4·3 항쟁 유족이었다. 4월이 되면 대학교 교문 앞에서 4·3 항쟁의 진실을 알리는 전단을 나눠주고 자기 할아버지가 어떻게 학살됐는지 내게 알려줬다. 공동체를 파괴하는 잔인하고 공개적인 성고문 이야기도 했다. 친구는 집에서도 쉬쉬하던 그 일들이 제주에서 실제로 벌어진 역사적 사건이라는 사실을 고등학생 때 현기영이 쓴 소설 〈순이삼촌〉을 읽은 뒤에야 알게 됐다. '낯설지만 익숙한 느낌, 몰랐지만 알고 있던 것 같은 이야기, 그대로 받아들일 수밖에 없는 이야기'였다. 제주평화박물관에서 현기영이 쓴 글을 나도 읽은 적이 있다. "과거의 사건을 직접 경험하지 않은 사람들이 역사를 기록하는 데 큰 역할을 할 수 있다."

여행할 때 본 제주의 아름다운 명승지 곳곳은 4·3 항쟁 학살터기도 했다. 해돋이로 유명한 성산일출봉 옆 광치기 해변 터진목에서도 마을 주민들이 집단 학살됐고, 제주도에서 가장 넓은 모래벌판이라는 표선 해변에서도 많은 사람들이 학살됐다.

제주도 전설에는 배고픈 장수가 제 능력을 발휘하지 못하고 겉돌며 살아가는 이야기, 부모가 차마 죽이지 못한 아기 장수가 제대로 날아보지 못한 이야기, 영웅을 잉태할 자리의 혈이 뭇 사람들 때문에 파괴되고 풍요로운 땅이 제구실을 못 하고 메말라가는 이야기들이 많다. 무시당해 분노하지만 대거리를 할 수 없어 숨죽인 채 견디는 백성들 이야기는 변방에 사는 소수자들의 심정을 대변하기도 한다.

떠오르는 또 다른 작품으로 다큐멘터리 〈해녀 양 씨〉(하라무라 마사키 감독, 2004)가 있다. 제주도가 고향인 해녀 양 씨는 현대사를 거치며 딸은 남한에, 아들들은 북한에, 자기는 일본에 있게 된다. 조국이 분단되자 조선이 국적인 양 씨는 남한을 방문할 수 없게 됐다. 남한에 있는 딸은 일본에 있는 어머니를 모시지 못하게 됐다. 북한에 있는 아들은 어머니하고 함께 살 수 없게 됐다.

제주도에서 물질을 배워 해녀가 돼 일제 강점기 때 일본 바다에서 일한 양 씨는 4·3 항쟁을 목격한 뒤 살아남으려고 다시 일본으로 갔다. 양 씨는 캄캄하고 거친 바닷속에 들어가 일할 때의 암담함과 막막함을 설명했다. 바닷속도, 바다 밖의 현실도 온몸으로 헤쳐 나가야 하는 냉엄한 폭풍 속이었다. 역사의 시간은 기록되지 않는 기억을 몸에 각인했다. 채 다 말하지 못하고 알지 못할 삶들이 사라지고 흩려간다.

기록할 수 있으면 좋겠다. 이 세상의 모든 바닷속으로 들어가는 늙은 여자들의 가슴에 붙어 있는 전복 같고 성게 같은 이야기들을. 흩리는 집처럼 쉬이 사라질 말들을 쓸 수 있었으면 좋겠다. 아직 채 다 말하지 못한 비밀과 인내와 슬픔과 기쁨을, 변하는 바닷빛 같은 목소리를 거둬들이고 갈무리할 수 있다면. 그러면 딸들의 보잘것없는 기도가 오래된 어미들의 기도 앞에 서성이며 그이 삶 앞에 오롯이

드리는 푸짐한 성찬이 될 수 있지 않을까? 바람에 허리 굽은 저 오래
된 나무는 끝내 말이 없다.

그 여성들은
무릎 꿇지 않았다

최현숙

《막다른 골목이다 싶으면 다시 가느다란 길이 나왔어》

이매진

2014

여성 구술 생애사 책은 여전히 드물다. 보통 인터뷰는 역사적 사건이나 공식적인 노동 담론 등 어떤 한 부분에 초점을 맞춰 진행되게 마련이다. 어떤 이야기는 가치 있고 어떤 이야기는 하나 마나 한 이야기라는 편견 때문에 표현되지 않은 이야기가 여전히 많다. 이를테면 '가족과 섹슈얼리티 이야기는 사적이므로 공적인 노동 이야기에 견줘 부차적인 것'이라거나, '정상 가족이 아닌 가족 형태를 굳이 설명하지 않아도 된다'거나, '역사책에 나오지 않는 소소한 일상사는 큰 의미가 없다' 같은 편견이 건재하다.

최현숙은 '15소녀 표류기' 시리즈 1권과 2권을 내면서 그런 편견들을 뛰어넘어 사회 속에서 억압당하면서도 스스로 생존해낸 여성들의 목소리를 복원했다. 15소녀 표류기의 첫 책은 70~80대 여성들의 구술생애사를 담은 《천당허고 지옥이 그만큼 칭하가 날라나?》다. 일제 강점기와 해방과 전쟁을 지나는 세월을 소리 없이 살아낸 여성들 얘기다. 기지촌에서 미군을 만나 살림을 차리며 생존한 여성, 부당하게 매독에 걸려 삶을 혼자 꾸릴 수밖에 없던 여성, 심지어 가정 폭력을 털어놓는 최현숙의 어머니까지 등장한다. 그 여성들은 끈질긴 노동과 노력으로 살아남았다. 최현숙은 인터뷰 중간에 서슴없이 끼어들어 인터뷰이를 격려하고 긍정하며 자기의 아픈 과거까지 드러내면서 서로 성장하려 애쓴다. 노동을 겁내지 않는 사람들, 세상의 울타리 없이 기어이 살아남은 여성들, 삶을 책임지고 떠맡겨진 일들을 감내해온 여성들의 목소리가 그 안에 있다.

　　요양 보호사로 일하면서 노동조합 활동도 한 최현숙은 시간을 통해 쌓인 친밀함을 바탕으로 철저히 인터뷰이의 편이 됐다. 노동의 가치, 여성에게 '힘을 부여하는 것empowerment'의 중요성을 염두에 두며 인터뷰를 했다. 그래서 이 책에는 최현숙의 인생 또한 녹아 있다. 사람을 보는 관점에 더해 날것의 희망까지 배어 있다. 섹슈얼리티와 노동, 가족, 역사를 아울러 여성의 삶이 지닌 진실에 육박해 들어가려는 노력이 돋보인다.

　　15소녀 표류기 2권의 주인공은 50~60대 여성들이다. 베이비 부머 세대라 사회가 전보다 풍요로워졌다고 하지만, 이 여성들은 여전한 여성 차별과 불평등한 가족 관계 속에서 고통받았다. 결혼한 뒤 아이를 기르면서 최저 임금을 받는 서비스직 여성으로 삶을 버텨내야 했다. 역사적 사건이 자기 삶에 영향을 끼쳤다고 말하지 않는다. 그들의 삶에 큰 영향을 끼친 것은 차별, 잘못된 결혼, 가정 폭력, 학대였다. 강간을 당해도 그 남자하고 결혼할 수밖에 없는 사회 풍토나 억압적 분위기를 토로한다. 학대를 견딜 수 없어 뛰쳐나가 신내림을 받거나, 죽으려고 한강 다리에 서 있다가 구해준 남자하고 살게 되거나, 일평생 며느리로서 착취당하는 모습을 솔직하게 말한다.

구술자 장기태는 유복하게 자라고 외국 연수까지 다녀와 전문직 여성으로 살 수 있었지만, 유부남에게 강간당한 뒤 고통스러운 삶에 접어든다. 무자격 약사, 뜨개질, 행상, 간호보조원, 하수도 토관, 신문 배달, 다방, 구멍가게, 간병인을 거쳐 요양 보호사로 일한다. 이기순은 살림 밑천 맏딸로 일하며 살다가 결혼한 뒤 남편과 시어머니가 휘두르는 지독한 폭력 속에서 고통받는다. 그러다 신내림을 받고 무속인이 된다. 과일 행상, 시장 좌판, 포장마차 일을 거쳐 무속인이 된 뒤 지금은 요양 보호사로 일한다.

이윤숙도 힘겹기는 마찬가지다. 넉넉한 청년 시절을 보내지만 결혼하면서 경력이 단절되고, 홀로 두 아이를 키우며 일한다. 월마트, 홈에버, 세이브존, 이마트, 킴스클럽, 롯데마트, 롯데슈퍼가 거쳐 온 직장이다. 시급 5210원을 받으며 유통, 청소, 식당, 돌봄 일 같은 '아줌마 노동'을 한다. "결혼 전 직장에서 같이 일하던 같은 또래 남자들은 그 경력을 바탕으로 결혼하고 나이 들수록 더 높은 자리에 더 많은 월급을 받는데, 왜 여자들은 다르냐는 말이야? …… 나처럼 결혼한 여자들은 애 낳아 키우면서 지네들 사회에서 사라진 거지. 남편이나 애들한테 원망은 없지만, 결혼하고 아이 낳았고 나이 들었다는 이유로 점점 밀려나잖아. 심지어 유통도 오십이 붙으면 땜빵밖에 없어. 늙은 여자라 이거지." 가난이 만들어지는 것은 노동 조건 때문만은 아니다. 결혼, 가족, 여성을 대하는 통념이 가난을 만들어낸다.

여자들은 자책한다. 회한, 그리움, 후회, 아픈 몸, 불안한 미래 때문에 눈물을 흘린다. 선택할 수 있는 것이 없던 시간과 제대로 선택하지 못한 자기 자신을 자책한다. 최현숙은 인터뷰하다 말고 격려한다. 머뭇거리면 손을 잡는다. 울면 함께 화낸다. 그리고 실망하면 이렇게 말한다. "선배님은 그저 매 순간에 선배님 자신이 생각하는 최선을 선택한 거야. 장래에 무슨 일이 닥칠지는 아무도 몰라. 그러니 모두 닥치는 상황에서 최선이라고 생각하는 거를 선택하며 사는 거고. 더구나 선배님은 그 선택을 끝까지 책임지고 산 거잖아. 그게 선배님의 성실함이고, 선배님 삶의 값진 의미라고 생각해요, 저는."

그 여자들은 베푸는 마음을 잊지 않았을 뿐 아니라, 짓밟혀도 자기와 남을 긍정하며 연대하는 힘을 지켜냈다. 삶에서 즐거운 순간을 기꺼이 누릴 뿐 아니라 젊은 날처럼 삶을 긍정하고 발랄한 욕구를 되살리기도 한다. 노동을 두려워하지 않고 삶을 책임지며, 또한 가난한 삶이 가난한 삶을 만나 어깨 맞대는 순간이 가장 가치 있다고 여긴다. 이 이야기는 사실에 바탕하는 기록인 동시에 가치 지향이 뚜렷한 목소리들이며, 지나간 일생인 동시에 우리가 앞으로 함께 가야 할 길을 다짐하게 하는 약속이다.

'15소녀 표류기'는 계속 나온다. 다른 세대의 여성들, 변해가는 사회 속의 여성들, 역사 속의 여성들, 그 여성들의 목소리를 통해 우리에게 무엇이 남아 있고 무엇이 바뀌는지를, 우리는 무엇을 바꿔냈고 무엇을 더 바꿔야 하는지를, 길이 사라진 듯한 세상에서 사람들이 어떻게 서로 몸을 기대고 용감하게 삶을 지켜내는지를 깨닫게 된다. 인터뷰하는 최현숙이 희망을 잃지 말자고 약속했듯이, 독자도 이야기를 들려준 여성들이 나란히 내민 거친 손을 잡으며 그 무언가를 약속하게 될지 모른다.

구술 기록에서
만나는 목소리

윤택림 편역

《구술사, 기억으로 쓰는 역사》

아르케

2010

당사자의 목소리를 최대한 생생히 전달하는 구술 인터뷰 기록은 사회적으로 억압된 목소리를 가시화하는 적극적 방법이다. 사람들은 함께하고 싶어한다. 타협하지 않는 진실의 자리에 관심을 가지고 동참하려 한다. 지금 우리는 비유의 언어가 아니라 무슨 일이 일어났고 함께 어떻게 나아가야 하는지 성찰하는 사실의 기록에 목말라한다. 이데올로기나 인습에 물들지 않고, 과장 없고 가감 없이 있는 그대로 말하는 목소리가 더욱더 필요하다.

사회 문제를 성찰하고, 한 인간의 삶에 이데올로기보다 더 중요한 요소는 무엇이고 한 사회가 구성원의 생존을 위해 기본적으로 무엇을 갖춰야 하는지 논의해야 한다. 그럴 때 구술자의 이야기는 실제로 삶에서 받는 느낌을 발화하는 특별한 장이 된다. 구술 작업을 거쳐 권력에 대항하는 서사를 만들고, 비가시적인 비특권 집단의 목소리를 드러내며, 복합적이고 다면적인 현실의 모습을 그려낼 수 있다. 또한 객관적 설명뿐 아니라 주관적 해석을 바탕으로 이런 내용을 전달할 수 있다.

세대, 계층, 지역, 성, 종교 등에 따라 다른 구술이 나올 수 있다. 사실이라는 것은 경험하는 이의 위치에 따라 다르게 체험된다. 어떤 처지가 같다면 사람들은 같은 자리에서 비슷한 정서를 지니고 행동하게 되지만, 그때도 개인적 경험과 기억은 차이가 있다. 그래서 인터뷰에서 묻는 이는 말하는 이의 맥락을 이해하면서 적극적인 듣기를 해야 한다. 한 사람의 이야기를 기록하는 작가가 한 사회의 구조적 문제를 비판적으로 의식하더라도 구체적인 표현은 한 개인의 모습을 통해 드러나기 때문이다. 가장 주관적인 말과 정서가 개인을 드러낸다. 개인을 대상으로 하는 방식은 문학하고 비슷하지만, 구술기록에서 만나는 개인은 창작된 인물이 아니라 자기만의 위치성을 지닌 살아 있는 인간이다. 그래서 기록 작업은 해석과 재현에 따른 갈등과 긴장이 일어날 수밖에 없다.

구술에서는 구술자의 주관성이 적극적인 구실을 한다. 같은 사건을 기억하는 방식 또한 그 시간과 상황 속에서 여러 가지일 수 있다. "구술 자료는 단순히 (과거에) 사람들이 했던 것만이 아니라, 그들이 하길 원했던 것, 하는 중이라고 믿었던 것, 그리고 (현재의 시점에서) 했던 일이라고 생각하는 것도 말해준다. 구술 증언의 중요성은 사실에 대한 집착에 있기보다는 상상, 상징, 그리고 욕망이 출현하면서 사실로부터 떠나는 데에 있다. 구술사의 다양성은 '틀린' 진술이 심리적으로 계속 '진실'이고 이런 진실은 사실적으로 믿을 수 있는 설명과 동일하게 중요하다는 사실에 있다. 주관성은 더 가시적인 '사실들'만큼이나 역사의 영역 안에 있다. 제보자들이 믿는 것은 정말 일어난 것만큼이나 진정한 역사적 사실, 즉 그들이 그것을 믿는다는 사실이다"(알레산드로 포르텔리, 〈무엇이 구술사를 다르게 하는가?〉, 《구술사, 기억으로 쓰는 역사》, 2010).

구술 기록이 공감을 얻으며 전달되려면 한 개인의 주관적 목소리가 깊이 전해져야 한다. 한 사람의 기억과 해석, 지금 그 사람이 있는 자리의 의미가 전달될 때 글은 설득력을 지닌다. 구술 기록은 글을 통한 공감을 수단으로 하므로 규범이나 당위를 강조하는 정도로는 부족하다. 구술 기록이 더욱 깊이있게 사람들을 만나려면 집단 속에 있는 목소리 사이의 차이와 맥락을 드러내는 데 주저함이 없어야 한다. 구술자의 위치성을 이해하고 한 세계로서 그 개인이 지니고 있는 언어, 성격, 사고방식, 세계관을 통찰할 수 있어야 한다. 그런 작업은 명확한 사회적 요구 때문에 오히려 위축될 수 있는 개인의 감정을 토로하는 장이자 자기가 간직한 느낌이 비난받지 않고 표현될 수 있는 공적인 장을 마련하는 과정이기도 하다.

사회적 쟁점을 드러내는 목소리뿐 아니라 한 개인이 다르게 해석하고 기억하는 방식, 그 사람의 주목받지 못한 위치, 인간적 역사의 맥락을 이해할 때, 기록은 더 깊은 울림을 지니게 된다. 주목받지 못한 위치에 있는 집단을 만날 때 작가는 사회적으로 틀 잡힌 해석 체계에서 벗어나지 않은 자기 사고방식을 성찰해야 한다. 그 갈등과 긴장을 겪어내며 다른 사람의 진실을 주의 깊게 보고 듣고 느끼며 기록해야 한다. 사회적으로 공인한 이야기 방식 속에서 구술자가 말하거나 말하지 못하는 내용을 간파해, 그 사람이 여전히 틀에 박힌 방식으로 이야기하거나 예전 방식하고 다르게 하는 말의 의미를 먼저 배우고 기록해야 한다.

좀더 크게 말 되는 목소리와 좀더 작게 말 되는 목소리, 좀더 머뭇거리는 소리와 때로는 완강하고 때로는 침묵하는 목소리들의 의미를 읽어야 한다. 그 의미를 읽을 때 규범적이고 당위적인 작가의 신념이 방해가 될 수도 있다. '차이'를 드러내는 일은 쟁점을 제기하는 방식이 아니라, 그 차이가 안고 있는 하나의 완성된, 지금도 만들어지는 타인의 세계를 존중하고 경청하면서 시작한다. 작가는 사실 삶 전체를 기록할 수 없고, 부분적인 내용을 취합할 뿐이다. 구술자가 지닌 고유한 언어와 인식 체계, 상상과 욕망을 공감하고 이해하려면 신념이 아니라, 타인을 또 다른 욕망과 관점을 지닌 인간으로 인정하고 받아들이는 성찰이 필요하다. 규범적인 행동과 규범적이지 않은 행동, 의미 있어 보이는 행동과 의미 없어 보이는 행동 속에서 모두 작가는 구술자의 위치성에 따른 의미를 드러내고 사회에 문제를 제기할 수 있다고 나는 생각한다.

유가족들의 언어, 새로 써가는 기록

4·16 세월호 참사 시민기록위원회 작가기록단

《금요일엔 돌아오렴》

창비

2015

며칠 전, 열 살짜리 아이가 학교를 마치고 오다가 말했다.

"엄마, 나 수영 못하는데……."

무심코 넘겼는데 몇 번이고 같은 말을 한다. 그러더니 낮은 목소리로 한마디 덧붙인다.

"어쩌지, 나 아직 수영 못하는데. 세월호……."

그러니까 아이는 어른들이 특별히 말해주지 않아도 세월호 참사 소식을 듣고 오랫동안 속으로 걱정한 모양이다.

'그건 수영을 못해서 생긴 일이 아니야. 안전 의식이 없어서 벌어진 일은 더더욱 아니야. 학생들은 마지막까지 줄을 서서 질서를 지켰고, 구명조끼를 입고 자기 자리에서 기다리고 있었어. 혼자가 아니라 다같이 함께 살 수 있다고 믿으면서.' 내가 이렇게 말하면 아이는 되물을 것이다. 그럼 왜 그런 일이 벌어졌냐고. 입이 떨어지지 않았다.

광화문광장에서 만난 한 동화 작가는 어린이들에게 세월호 참사를 어떻게 설명해줄지 참담하다고 했다. 2015년 4월 16일, 초등학교에서는 세월호 1주기를 맞아 안전 인권 토론회를 연다고 했다. 텔레비전에서는 수학여행 때 안전벨트 착용법 등 안전 교육을 거듭하는 신풍속도를 뉴스로 내보낸다. 대통령은 팽목항으로 가서 '고통을 극복하고 새롭게 살아가라'고 훈계했다.

한쪽에서는 세월호 참사를 기념식처럼 연례행사로 치르고, 한쪽에서는 거리에 나선 유가족과 시민들이 공권력에 다치고 끌려간다. 광주에서 그랬듯이 참사가 의례로 되는 바로 그 옆에서, 규명되지 않은 진실을 위해 싸우는 이들이 울부짖는다. 세월호 참사에 함께 아파한 사람들은 1주기에 두 가지 언설을 동시에 들었다. '고통을 극복하고 나아가라'는, 개인의 '힐링'을 부추기는 듯한 신자유주의적 언설과 진상 규명을 위해 세월호 특별법 정부 시행령을 폐기하고 세월호를 인양하라는 주장이었다.

세월호 특별법은 정치인이 만든 평범한 법이 아니다. 차가운 길바닥이나 바닷가에서 온몸으로 통곡하고 절규한 유가족들의 요구가, 그 절규와 함께한 시민들의 요구가 조금씩 법을 만들고, 후퇴하는 법을 부여잡고, 침몰하는 의식을 각성하게 한 결과다. 사건을 금방 기정사실로 하고, 단정 짓고, 빨리 과거로 보내려는 세력에 맞서 싸운 결과다.

아이가 다시 학교에 가려고 문을 나서다 한마디한다.

"우리나라는 안전한 곳이 아니야."

나는 멈칫했다. 4월 내내 아이는 골똘히 뭔가 생각하다가 한마디씩 한다. 가방을 메고 신주머니를 들고 학교로 터벅터벅 걸어간다. 아이의 하교를 기다리는 길목에서 다른 아이들이 뛰어가는 모습을 본다. 가방에는 노란 리본이 달려 있다. 아이들은 기억하고 있고, 가방과 옷에 노란 리본을 달아 추모하고 있다.

아이가 그날 저녁상 앞에서 불쑥 그런다.

"대통령이 최고라고 해도 사람들이 따르지 않으면 아무 힘이 없는 거야. 그러니까 엄마, 사람들이 바라는 걸 해주지 못하면 대통령은 아무 힘을 가질 수 없어. 그러면 사람들이 바라는 걸 얻게 되는 거야……."

아이는 혼자 얼마나 많은 생각을 한 걸까. 나는 고개를 끄덕였다.

"그래, 그렇지……."

초등학생 아이가 권력은 사람들에게서 나오는 것이라고, 사람들이 요구하는 걸 스스로 얻는 게 민주주의라고 말한다. 민주주의라는 말을 아직 알려주지 않아도 이미 민주주의를 믿는 아이들이 지켜본다. 세월호가 어떻게 기억되고 진실이 어떻게 규명될지. 시민들의 요구가 어떻게 묵살되고, 어떻게 싸움이 계속 이어질지. 오만한 권력은 어떻게 될지. 엇갈리는 언설들 속에서 어떤 길을 갈지. 살아남으려면 무엇을 해야 할지. 힘없고 말 못한다 해도 함께 지켜보며 새기는 무수한 시선들이 있다. 앞으로 신뢰와 불신의 갈림길에서 어떤 길을 갈지 모르겠지만, 지금 이 순간 우리가 취한 행동이 그 길에 결정적인 기여를 하리라는 예감에 문득 걸음을 멈추게 된다.

《금요일엔 돌아오렴》은 세월호 유가족 열세 분의 육성을 기록한 책이다. 읽는 법을 배워야 할 책이다. 슬플 것 같아 이 책을 못 읽겠다는 사람을 만나면 나는 이렇게 말한다.

"이 책은 사람들이 생각하는 것처럼 슬프지 않아요. 꼭 읽으면 좋겠어요."

전국을 도는 북콘서트를 열어 이 책은 많은 이들을 만났다. 새로운 증언과 독후감과 이야기가 쏟아졌다. 더 많은 목소리가 발화되고 더 많은 사람들을 만날 수 있게 해줬다. 우리는 울음소리나 절규만 듣는 데 머물지 않고 고통 속에서 새로 태어난 말들을 만난다. 와해된 세계에서 어떤 말이 생겨나는지 목격하게 된다.

"우린 믿었죠, 살아 있다고. 부모들은 아이들이 살아 있기를 바라니까 믿을 수밖에 없죠. 밤낮으로 지켰어요." 유가족은 과거와 현재를, 기억과 실재를, 사라진 것과 현존하는 것을 말로 부둥켜안고, 산산조각 난 세계를 이어 맞추며 믿음을 지켰다.

'팽목항에 있는 동안 바다를 보며 나눴던 피눈물 나는 이야기들이 피어올라' 거기에는 논리도 상징도 필요하지 않다. 겉보기에 관련 없는 사실도 조각 난 파편이 아니라 의미 있는 무엇으로 기억 속에 자리잡게 된다. 말이 사라진 자리에서, 세상의 의미가 파괴된 자리에서, 유가족은 말을 하기 시작했고, 그 말의 의미를 몸으로 실천했다.

그 말을 기록한 작가들에게도 경의를 보낸다. 눈물과 고통 앞에서 먼저 하염없이 울고 견디며 띄엄띄엄 나오는 그 육성을 온몸으로 받아 품은 그 작업도 주목받으면 좋겠다. 한 사람이 한 사람의 말을 어떻게 들을 수 있는지, 작가들은 참사 뒤에 펼쳐진 자리에서 몸과 언어의 경계를 넘나들며 성찰하고 실천했다.

우리는 작가들이 만난 그 울음과 목소리를 그대로 들을 수는 없다. 그러나 그렇기 때문에 우리는 언어 이전의 고통과 고통 다음의 언어가 얼마나 치명적인지, 공동체에 건네는 사려 깊은 선물인지 알게 된다. 작가기록단의 김순천은 2015년 4월 10일 세교연구소 주관으로 열린 심포지엄 '세월호 시대의 문학'에서 이렇게 말했다.

"유가족의 언어는 고통의 언어지만, 또한 지극한 사랑의 언어입니다. 그분들을 유일하게 살게 하는 힘이 사랑입니다. 그분들의 언어는 타인을 향한 언어고 연대의 언어입니다. 그분들은 그렇게 성장했고, 우리도 그렇게 성장해야 합니다."

희생된 학생들이 모두 다른 사람들이었듯, 제각기 유일한 한 세계였듯, 유가족도 모두 다른 사람들이었다. 그 다른 목소리들이 이 책에 실려 있다. 자식의 죽음에서 건져낸 다른 기억들, 삶에서 찾아낸 다른 기억들, 싸움에서 마주한 또 다른 의미들, 그런 서로 다름을 유가족은 책을 통해 알게 되기도 했다. 이 책은 '유가족'이라는 전형적 이미지를 담은 것이 아니라 모두 제각기 다른 한 사람의 목소리를 싣고 있다. 유가족들은 곁에 있는 어떤 사람하고도 나눌 수 없는 고통을 안고, 서로 다른 추억 속에서 자식을 생생히 기억하려 한다. 그리고 함께 진실을 규명하려 한다.

갑자기 끝이 난 관계는 지난 시간을 후회와 죄책감으로 바라보게 한다. 그러나 희생된 학생들은 사라지지 않고 현존한다. 사랑이 이어놓은 시간은 과거도 현재도 미래도 없다. 아이들하고 함께하려는 부모는 결코 자식들을 덧없이 손에서 놓지 않는다. 아이를 기억하고, 아이의 모습, 체취, 목소리, 웃음을 필사적으로 기억한다. 언어의 한계도, 시간의 한계도, 체력의 한계도 벗어날 때 부모들은 새로운 언어로, 영원한 현재로, 자기 몸으로 자식을 지켜낸다. "제가 어떻게 살아야 해요?" 이렇게 질문하면서.

그 죽음을 목격한 사람들은 우리가 어떻게 살아야 하는지 묻는다. 우리가 모두 맞닥뜨린 질문이다. 이 책은 그 질문에 건네는 특별한 대답이다. 떠나갔지만 떠나보낼 수 없는 자식에게, 설명해줄 수 없어 작별 인사도 나눌 수 없는, 아직 문을 열고 들어올 듯한, 가슴에 생생히 살아 있는 한 사람에게, 한 사람이 자기의 전부를 걸고 진실을 약속하면서, 또한 공동체에 그런 결단을 촉구하면서 내미는 뜨거운 악수다.

우리는 단 한 번도
송전탑을 허락한 적이 없습니다

밀양구술프로젝트

《밀양을 살다》

오월의 봄

2014

2014년 밀양 송전탑 공사를 시작하는 현장에 '할매 할배'들이 팔을 벌리고 섰다. 경찰들 수십 명이 마을 길목으로 올라왔고, 할머니들은 공사를 온몸으로 막아내고 있었다. 경찰 뒤에는 한전 직원들이 있었다. 헬기가 굉음을 내며 날아다니고 산꼭대기에는 불빛이 휘황했다.

"못 간다, 이놈들. 여기 너네 다니라고 만든 길 아니다. 썩 내려가라!"

호통에도 경찰은 꿈쩍 않고, 되레 막고 선 이들을 빙 둘러싸 꼼짝달싹 못하게 했다. 발버둥치는 사이 한전 직원은 경찰의 호위를 받으며 도둑질하듯 후다닥 산으로 올라갔다.

"나쁜 놈들! 분하고 원통하다!"

할머니들은 한겨울 추위에 새벽잠을 설치며 마을 어귀에 모였고, 번번이 실랑이했다. 경찰이 채증을 해대는 바람에 눈만 내놓고 모자를 쓴 할머니들은 기록하러 온 우리보고도 그렇게 하라고 했다. 고향 산천이 눈앞에서 망가지고 송전탑이 척척 올라가는데, 날마다 절규하고 삿대질하며 막아보지만, 경찰은 늘 비웃듯 가뿐히 올라간다. 토박이들에게는 가슴 저미는 아픔이었다. 공사가 진행되는 산꼭대기를 올려다볼 때마다 두려움과 절박함이 울컥 올라왔다.

조용한 산속이었다. 짓밟혀도 고요했다. 이 산 밖에서 사람들이 우리 목소리를 기억하고 다시 찾아올지. 언제까지 싸워야 할지. 이렇게 싸우지 못한다면 어떻게 될지. 아무것도 모르고 청명한 밤공기가, 여전히 땅에 뿌리박고 자라는 작물이, 우짖는 새소리가 더 위태롭고 서러웠다. 평생이 눈앞에서 허물어지고 있었다.

구운 냉동 만두를 우리 앞에 내어놓고 손님들 생각에 일찍 젓가락을 놓던 할머니들이었다. 나이를 묻자 여든다섯이라던 한 할머니는 웃지 않고 혼잣말하듯 되뇌었다.

"허망하다, 허망……."

인생의 마지막 자리에서 송전탑에 맞서 싸워야 했다. 그 혼잣말에는 가늠할 수 없는 비애가 담겨 있었다. 자다가도 벌떡 일어나고, 욕하고 싸움하는 데 이골이 난 자기 모습이 낯설기도 했다. 사람들이 땅에서 강제로 쫓겨났다. 더 필요 없는 전기를 서울로 보내야 한다며 초고압 송전탑을 세워, 산 것이 발 못 붙이는 땅이 되고 있었다.

새벽에 나와 앉은 할머니들은 모닥불 앞에서 말이 없었다. 경찰차가 한 대, 두 대 올라가고, 삿대질하고 싸우고 호통치고, 하루 치 공사가 또 시작되는 자리에서 할머니들은 떠나지 않았다. 고개를 들지도 않았다. 불붙은 나무가 하얗게 굳고 불씨가 다 사그라질 때까지 할머니들은 묵묵히 지켜봤다. 날이 희붐해질 때까지, 별이 자취를 감출 때까지 그렇게 있었다. 땅을 일구고 노동한 세월을 걸고 싸웠다. 가족을 꾸리고 이웃하고 함께한 시간을 지키려 싸웠다. 살아낸 평생을 헛된 것으로 만들 수 없어서 싸웠다. 자기를 살게 한 것이 국가가 아니라 이 땅이었기 때문에 싸웠다.

"내 죽는 것은 두렵지 않다!"

"어이구, 그러시면 안 되지요, 어르신."

지팡이를 내저으며 한 맺힌 고함을 지를 때 느물거리며 맞받는 경찰의 말은 모욕이었다. 가끔 억장이 무너져 소리쳐 울기도 했다. 그 눈물을 이해할 수 있는 이는 이제 세상에 많지 않았다. 무수한 새벽과 걸음들이 사무치는 고통과 폭력을 견뎌내며 소리 없이 그 자리에 남아 있었다. 아무도 모르게. 당신들도 모르게.

《밀양을 살다》는 밀양에서 싸워온 어른들의 생애사와 송전탑 반대 싸움이 지니는 의미를 기록한 책이다. 서로 다른 목소리로, 서로 다른 절실한 이유로 싸우는 이야기를 인권 활동가, 연구자, 기록 노동자들이 기록했다. 밀양구술프로젝트는 특히 여성들의 주체적인 목소리에 주목했고, 오랜 싸움을 이어가는 그분들의 주관적인 의미화 과정에도 관심을 기울였다.

《밀양을 살다》에 이어 청도 주민들이 벌인 송전탑 건설 반대 싸움도 책으로 나왔다. 《삼평리에 평화를》(뉴스민 기획, 박중엽·이보나·천용길 글, 2014)이다. "국민이 있어야 나라가 있는 거지." "내 땅 내가 지키겠다는데 어째 불법이냐." "저 철탑만 안 서면 원이 없겠다." 나만 살려는 게 아니라 다 살려고 하는 일이라는 절실한 목소리를 모았다.

잘못된 에너지 정책과 부당한 법, 이런 정책과 법을 관철하는 국가 폭력 아래 고통받는 전국 곳곳의 목소리를 모은 《탈핵 탈송전탑 희망 원정대》(밀양 할매 할배들 지음, 이계삼 기록, 2015)도 연이어 나왔다.

10년 동안 송전탑을 막으려고 싸운 밀양 어르신들이 길을 떠났다. 2900킬로미터에 이르는 여정 속에서 '나쁜 전기'가 국토의 곳곳을 병들게 하는 현장을 목격하고 새로운 싸움의 씨앗을 퍼뜨리는 증언자이자 선구자가 됐다. 2015년 12월 17일, 밀양 어르신들은 싸움이 끝나지 않았다고 선언하며 서울에서 밀양 송전탑 반대 투쟁 10주년 기념 기자 간담회 '우리는 이미 승리하였습니다!'를 열었다. 그 자리에서 밀양 주민 구미현 어르신은 이렇게 말했다.

"송전탑을 세우는 과정은 오만하고 방자했습니다. 전체주의 방식이었습니다. 우리의 요구는 이대로 살게 해달라는 것이었습니다. 수많은 움막과 노숙을 거쳤지만 요구는 묵살당하고, 돌아온 것은 폭력이었습니다. 날은 더 어두워졌습니다. 우리 요구는 하나도 반영되지 않았고, 눈물과 한숨은 이루 말할 수 없었습니다. 그 송전탑이 무너져 내리는 그날까지 우리는 계속 싸웁니다. 지나온 10년보다 가파른 10년이 될 것입니다. 내년부터 송전 계획이 있어 우리는 두렵습니다. 10년 투쟁은 여러분이 손잡아주었기에 가능했습니다. 앞으로도 우리는 여러분이 내민 손을 절대 놓지 않겠습니다. 또한 아픔의 현장에 가서 우리가 내민 손을 놓지 않겠습니다."

그 새벽 쉰 목소리로 외치는 고함이 있었다. 송전탑을 반대하며 목숨을 끊은 이의 마지막 모습을 떠올리는 목소리가 있었다. 외침과 침묵 사이에는 어마어마한 차이가 있다고 믿는 눈빛이 있었다. 변해가는 것이 두려워 고여오던 눈물이 있었다. 가난하지만 꽃 같은 한평생을 외면하지 않으려는 안간힘이 있었다. 삶이 뭉텅 잘려서 사라지지 않고 이어진다고 믿고 싶은 희망이, 그곳에는 있었다.

강이 되어주고 싶은
사람들

박은선

《내성천 생태 도감》

Listen to the City

2015

2015년 추석 연휴에 고향에 갔다. 내 고향은 경상북도 영주다. 자전거를 타고 고향 친구하고 함께 무섬마을에 가봤다. 무섬마을은 내성천 중류에 있는데, 구부러진 외나무다리 아래로 얕게 흐르는 금빛 내가 아름다운 곳이다. 물이 깊지 않아 발목을 적시거나 무릎 아래쯤까지 오는데, 두껍게 쌓여 있는 모래들 때문이다. 맑게 들여다보이는 물속에서 작은 물고기들이 재바르게 헤엄치고 발가락 사이로 모래 알갱이들이 흘러간다. 햇빛을 받아 강은 은빛으로 일렁인다. 한옥촌인 무섬마을에서 그 앞에 펼쳐진 넓은 모래벌과 내성천을 보면, 굽이굽이 몸을 틀며 흐르는 유장한 강과 그 굴곡을 따라 가로놓인 외나무다리를, 그 다리 위를 점점이 걸어가는 사람들을 보면, 우리가 자연과 시간 속에서 어떤 존재인지 알게 된다. 그래서 언제나 무섬마을에 가고 싶었다.

　나는 놀라서 두리번거렸다. 기억 속 그곳이 아니었다. 바닷가 백사장처럼 깨끗하고 드넓은 고운 모래밭이 거뭇하게 바뀌고 잡초들이 드문드문 나 있다. 여뀌와 가막살이 같은 억센 풀들이다. 손으로 뽑아보려 했지만 뿌리가 단단히 박혀 있어 꿈쩍도 안 한다. 곧 창궐할 낌새였다. 그전에는 물속도 고운 모래였는데 지금은 자갈과 굵은 돌, 심지어 유릿조각까지 떠내려와 놀던 아이가 발을 다칠 뻔했다고 한다. 4대강 사업 때문이라며 친구가 아쉬워했다. 연휴라 관광객들이 조금 있었지만, 버짐이 핀 듯 얼룩덜룩한 모래색과 거칠어진 강의 변화를 유심히 지켜보는 이는 없는 듯했다. 얼마 전까지 있던 고운 모래벌판이 사라지고 다시 볼 수 없다니 아쉽고 난감했다. 이렇게 빠르게 강이 변하는 모습을 목격했다. 사라지고 있는데도 그대로 있을 것이라고 믿는 사람들 중 나도 있다.

《모래강의 신비》(2011)를 쓴 손현철은 댐이 만드는 비극을 이렇게 지적한다. "댐 또한 강바닥 채굴처럼 침식을 일으켜 '배고픈 물'을 만들어낸다. 강물이 상류에서 휩쓸고 내려온 토사, 자갈 등이 댐에 막혀 인공 호수 바닥에 가라앉는다. 짐을 빼앗긴 채 댐을 빠져나온 강물은 그 대신 댐 아래쪽의 강바닥, 옆구리, 모래톱을 갉아먹는다."

댐 아래쪽에서는 모래톱이 사라진다. 무주군 내도리, 안동댐 아래의 하회마을, 영주댐과 무섬마을, 회룡포에서 일어난 변화도 모두 댐 탓이다. 강의 지형을 훼손하지 않고 지속 가능한 개발을 해야 한다고 문제 제기한다.

우리는 말없이 강가를 걸었다. 올 때 흥을 내던 소리도 잠잠해졌다. 눈에 보이는 것만 사라지는 게 아니다. 자연 제방이 사라지면서 그 속에 깃들어 오가던 동식물도 사라져갔다. 모래가 사라지면서 얕은 물에 살던 새들이 사라져간다. 모래톱이 육지화하면서 모습이 바뀌고, 농민을 쫓아낸 농경지는 부들이 우거져 습지가 돼간다. 수몰

지인 영주 금강마을에서 '조상의 묘를 파내 떠나야 했던' 노인들의 울음소리도 사라지고, 동물이나 식물처럼 말없이 뽑혀나가야 했던 사람들의 피울음 나는 자리도 사라져간다. 이설야는 〈물의 마을들〉이라는 시에서 탄식했다.

> 무섬마을이 점점 가라앉고 있다
>
> 벼랑이 된 산의 옆얼굴을 긁어내리고
> 새들을 내쫓고
> 지붕을 부수고
> 오는 봄을 다 내다 버리는 포클레인

《내성천 생태 도감》은 이런 사실에 주목한다. 1900년대 초부터 유럽과 미국에서 전기 생산 등 여러 이유를 들어 세운 많은 댐들을 100년이 지난 지금은 철거하고 있다. 대형 댐이 어떤 결과를 초래하는지 그동안 목격한 때문이다. 생물 종이 절멸되고 숲과 습지와 농지가 사라졌다. 수중 생물도 영향을 받아 종 다양성이 줄어들고, 어장이 사라지며, 수변 생태계는 돌이킬 수 없이 파괴됐다. 댐을 만들어 관개한 토지는 염분의 습격을 받아 손실되고 담수의 일부는 저수지에서 덧없이 증발한다. 댐 때문에 물은 차가워지고, 어류는 멸종하며, 토양은 산성화되고, 지하수는 고갈된다. 결국 댐이 세워지고 50여 년이 지나면 주변은 사막이 된다. 또한 이런 일을 염려한다. 이명박 정권의 4대강 공사 뒤에도 지나친 간섭이 진행됐다. 준설, 상류

저수지 건설, 계속되는 댐 건설, 강변 습지를 없애는 공원화 추진 같은 토목공사가 끊이지 않았다.

전에 나하고 함께 내성천을 둘러본 극작가 이지홍이 쓴 〈선물처럼 다가온 내성천과의 동행〉의 마지막 구절은 이러했다. '추억하는 것조차 비겁함임을 깨닫게 되겠지.'

유기농지를 지키려고 단식하던 '농지보존 친환경농업사수를 위한 팔당상수원 공동대책위원회' 유영훈 위원장은 내게 말했다.

"강 문제는 참 어렵습니다. 눈에 보이는 것이 아니므로."

나는 강변에 서 있다. 사람들은 어쩔 수 없다고 한다. 힘이 없으니 어쩔 수 없다고 체념한다. 더 가지고 싶은데 이곳에서 벗어날 수 없고, 자랑할 것은 고택이지 자기들의 삶이 아니며, 강을 파헤친다는 얘기를 들어도 나라가 하는 일이니까 받아들여야 살 수 있다고 생각하는 비겁한 사람들이, 살림을 끌어안고 슬프도록 전전긍긍하며 이곳에 산다. 또는 저곳에 산다. 강가에 살고 있어도, 도심에 살고 있어도, 강이 멀기는 마찬가지다. 강은 우리 삶에서 추방됐기 때문이다. 먹고살기 바쁜 삶에 강이 들어올 자리는 없다.

"말해도 이해할 수 없을 거예요."

인터뷰하다가 갑자기 눈물을 흘리며 그만하자던 한 영주 농민의 목소리가 떠올랐다. 보리밭이 사라진 공사 현장에서 할머니들이 소리 내어 울었듯이, 땅을 빼앗긴 인디언처럼 삶의 터전인 내성천이 없어진다고 그 농민은 울었다. 그 앞에서 나도 내성천을 안다고 말하지 못했다. 차마 안다고 말할 수 없었다.

어린 시절 내 몸을 적시고 흘러가던 이 강을 쳐다본다. '너는 나를 알고 있지, 그렇지?' 강이 묻고 있다. 물으며 다시 물으며 흘러간다. '어디 가 있었니? 돌아오지 않고.' 흘러가고 다시 흘러가면서 묻는다. '나는 언제나 이 자리에 있는 게 아닌데, 너는 너무 멀리 있구나.' 나는 신발을 신은 채 강 속으로 첨벙첨벙 뛰어 들어가고 싶다. 그리고 강과 함께 나뒹굴고 온몸을 적신 채, 아직 강 속에 들어오지 못하고 저쪽에 우두커니 서 있는 나를 힘껏 부르고 싶다.

《내성천 생태 도감》은 강을 지키려는 사람들이 모래를 밟으며 강을 따라 꾸준히 걸은 발자국을 새긴 책이다. "풀 수 없는 질문은 우리를 생각하게 하고 행동하게 합니다." 수몰 예정지에 있는 평은 초등학교의 한 선생님이 말했다(김호일, 〈우리가 놀던 강이 왜 이렇게 되어 가나요?〉, 《프레시안》 2014년 6월 17일).

"우리가 강이 되어주자!" 사람들은 이렇게 외치며 아이들의 손을 잡고 모여들었다. 박은선은 '내성천의 친구들' 활동을 하면서 사람들과 함께 지켜본 내성천의 모습을 기록했다. 농민들이 떠난 논이 습지가 되어가는 과정, 자주 마주치던 먹황새, 흰꼬리수리, 새호리기가 멸종해가는 모습, 낙동강에 1급수를 공급하던 금모래 강에서 모래가 사라지고 잡풀이 무성해지는 현실을 목격하고 기록했다. 내성천에 살던 동물과 식물을 그렸다. 강에서 만난 사람들의 목소리를 듣고 썼다. 아이들도 내성천에서 만난 달맞이꽃이며 냉이, 미국 가마사리를 그렸다.

"지율스님과 리슨투더시티, 지역주민들은 삼성물산, 수자원공사, 대한민국을 대상으로 영주댐중지가처분 소송을 했고, 영주댐 해체를 위한 소송을 진행한다(가처분 소송은 기각되었고 영주댐 철거

소송이 진행 중이다. 내성천의 친구들이 한평사기로 마련한 낙동강의 회룡포 강변에 4대강 기록관이 세워지게 된다)."

박은선은 그 이유를 한마디로 설명했다. "이 강이 너무나 아름답기 때문입니다."

10년 뒤에도 100년 뒤에도 강이 자기만의 빛으로 남아 있기를 바라는 사람들의 용기와 진심과 시간이 담긴 책이다. 떠난 것과 남아 있는 것 사이 어긋난 시간의 가운데에 놓여 있는 다리 같은 이 책은 우리에게 경계의 풍경을 전해준다. 추억하는 것이 비겁한 일이 되지 않으려면 무엇을 해야 하는지 묻는 책이다. 내성천의 배후 습지가 되기를, 길 잃은 강이 범람해서 숨쉴 수 있기를, 그런 공간과 시간을 허락해 다른 강들마저 모두 살려낼 수 있기를 바라는, 강이 되어주고 싶은 사람들의 기록이다.

백만 원을 넘어선
질문

김혜진

《비정규 사회》

후마니타스

2015

길에서 두 여자가 하는 말을 들었다.

"직장에서 일하는 기간이 길어질수록 걱정이 돼. 경력 사원을 좋아하지도 않고 새로 일 구하기는 더 어렵고……."

구직자가 많은데 군이 부담되게 경력직을 쓰겠냐는 말이다. 경력 인정은 고사하고 일이라도 계속하기를 바라는데, 마음 놓을 수가 없다. 여자들은 20대였다. 몇 년 안 되는 경력도 벌써 취업에 불리한 요소가 된다. 정규직이라고 다르지 않다. 한 이웃이 들려준 말이다.

"회사에서 승진이 빨리 되면요, 이제 빨리 나가라는 말이어서 불안하대요. 평사원으로 오래 일하는 직원이 오히려 나은데, 승진을 못하면 또 후배들이 치고 올라오니까 역시 힘들고요."

임금을 받고 사는 노동자들을 만들어놓고, 임금은 주거나 말거나 해도 되는 듯 여긴다. 기업의 계산속에는 산목숨이 없다. 하루 시간을 대부분 일터에서 보내고 맞바꾼 돈으로 쌀을 사고 집을 구해야 하는 사람들 말이다. 그 임금을 모아 결혼을 하고 아이를 키우고 교육을 해야 하는 사람들 말이다. 그 임금을 받아야만 병원에 갈 수 있고, 그 임금을 버느라 때로 다치고 사라지는 목숨 말이다. 없어지면 본래 없는 존재라고 여기는 태도는 무자비하다. 청년 핑계는 참 잘도 댄다. 정부는 청년 일자리를 위해 노동 시장을 개혁한다는 말을 앞세운다. 기업이 살아야 노동자가 산다고 그렇게들 희생을 강요했지만, 기업만 살고 노동자는 죽어 나갔다.

《비정규 사회》를 보자. 2015년 30대 기업이 투자나 배당을 하지 않고 쌓아놓은 사내 유보금이 710조 원에 이른다. 현대자동차의 2014년 당기 순이익은 7조 6000억 원이고 그 전해는 9조 원에 이르렀는데, 이 회사의 비정규직을 모두 정규직으로 바꾸는 데 드는 비용은 연간 2600억 원 정도다. 대기업의 이윤은 노동자의 기본적인 노동 조건을 개선하거나 사회적 안정을 유지하는 데 쓰이지 않는다. 그런 와중에 최저 임금 수준의 임금을 받는 노동자는 400만 명이고 최저 임금에 못 미치는 임금을 받는 노동자는 200만 명이다.

통계청 자료에 따르면 2015년 임금 노동자의 52.8퍼센트가 3년 미만 단기 근속자였다. 10년 이상 근속한 사람은 20.6퍼센트였다. 절반 넘는 노동자가 한 직장에서 3년도 일하지 못하는 셈이다. 계약직 노동자의 비중이 높고 중소기업의 환경이 안 좋기 때문이다. 박근혜 대통령은 2016년 신년 담화에서 중장년층 일자리 창출을 위해 '파견법'을 통과시켜야 한다고 했다. 파견을 금지한 제조업에도 파견을 확장하고, 기간제와 시간제 고용도 확대하겠다는 말이었다(〈이 직장 저 직장 옮겨 다닐 수밖에 없는 한국인〉, 《주간경향》 2016년 3월 8일).

정부는 비정규직 대책을 정규직과 비정규직, 노동자들 사이의 일자리 배분 문제로 환원하지만, 기업의 책임과 소임은 거론하지 않았다. 노동과 자본 간 분배의 불균형과 대기업과 중소기업 간 관계의 불평등이 비정규직 문제의 원인이다. 비정규직이 확대되는 원인은 기업의 비정규직 활용을 국가가 규제하지 않기 때문이다. 최저임금의 수준을 높이고 이것을 준수하게 하는 정책, 사회안전망을 강화하는 정책이 효과적인 비정규직 대책이다(장지연, '젠더 관점에서 본 비정규직 종합대책의 실상과 대안' 토론회 발제문, 2015년 3월 30일).

최저 임금을 받고 일하는 20대 여성 노동자들을 만났다. 한 달에 '백만 원 받는 게 꿈인' 이들은 사무직으로 5개월씩 일했다. 대학을 졸업한 뒤 당장 돈을 벌어야 하니까 입사했고 자기가 하는 노동이 더 비싸게 치일 수 있다는 생각은 하지 않았다.

"계약 기간 끝나면 다른 사무직 알아봐야죠. 백만 원 주는 데 아무 곳이라도"

'백만 원이면 충분하다'가 아니라 '백만 원 이상 바라기도 어렵다'는 생각에서 하는 말이었다. 자기 욕망과 세상의 논리가 다르다는 사실을 일찌감치 알아버려 말에는 군더더기가 없다. '그런 거잖아요'나 '할 수 없죠'가 입버릇처럼 붙었다. 주말에 마트나 백화점 같은 데 일당직이라도 구할 수 있을지 검색하느라 구직 사이트를 뒤진단다.

1998년에 학교를 졸업하면서 나도 '백만 원만 받으면 서울에서 살 수 있을 텐데' 하고 생각했다. 갑자기 터진 국제통화기금 사태에 겁을 먹었다. 신자유주의라는 말도 낯설었다. 선배들에게 들어온 대로 그때만 해도 내가 앞으로 할 일들은 당연히 정규직이라고 여겼다. 20년이 지나서 '백만 원만 받으면 좋겠다'는 말을 20대 여성에게 들으니 괜히 속상하다. "백만 원보다 더 받아야죠. 왜 백만 원부터 시작해요?" 일부러 한마디 하고는 머쓱해진다.

　이 여성들은 월세 30만 원 내고, 밥값이 아까워 도시락을 싸 다니며, 퇴근하면 바로 집에 가 틀어박히고, 남 일에 참견 안 하며, 결혼은 생각하지 않는데다 아이 낳을 마음은 더더구나 없고, 포털 사이트로 세상을 보며, 연이은 범죄 기사에 여자로 살아가기가 하루하루 아슬아슬하다고 한다. 다이어트하고 예뻐지면 상황이 나아질 듯해 끼니도 거르고 성형 수술 비용을 고민한다. 노동 시장이 주지 못하는 안정감을 자기 몸을 바꿔 거머쥘 수 있다는 환상에 젖는다. 나는 그런 마음을 환상이라고 꼬치꼬치 생각하지만 실은 그럴 자격이 없다. 나부터 그렇다. 일하다 좌절한 사람들이 신데렐라를 꿈꾼다. 불평등한 노동에서 벗어날 수 없어 절망하는 이들이 노동을 떠난 단 하루의 나들이를 소망한다. 그 소망이 격렬한 이유는 절대 바뀌지 않을 현실에 그만큼 절망하고 있기 때문이다.

　젊음을 자원화하고 싶지만 만연한 희롱과 폭력 앞에서 아슬아슬해하는 여성 노동자가, 한 달에 백만 원을 받고 싶다면서 1년을 채우지 못하고 끝날 일자리에 서글퍼 한다. 동료들 곁과 자기 책상을 떠나야 해서 아쉬워한다. 그동안 별다른 대접을 받지 못했지만 자기가 일에 느끼던 애착을 생각한다. 주어진 일을 열심히 해내려는 것은, 자기 삶을 대하는 진심이나 마찬가지인데, 불안정한 고용은 그런 진심을 짓밟는다. 일하는 사람들이 어떤 자긍심을 가지고 연대를 느끼며 희망을 품는지 기업은 관심이 없다. 불어나는 숫자가 아니면 결과물이 될 수 없으니까. 군더더기 없는 말 속에 숨은 말은 들리지 않는다. 퇴직금을 주지 않고 고용을 보장하지 않으려고 5개월이나 10개월씩 계약직으로 쓴 사람들이 사라진 자리에 또 새로운 사람들이 들어온다. 있던 이들은 없던 사람들이 되고, 그 사람들이 한 노동의 성과는 숫자가 돼 기업의 부로 축적된다.

"그래도 이만한 데 없었어요."

어디든 또 가서 일할 수 있다고 믿는 이 20대 여성 노동자는 일터에서 좋던 점을 꼽아 생각한다. 4대 보험이 됐다, 점심시간이 있었다, 화장실에 눈치보지 않고 갈 수 있었다, 사람들을 만날 수 있었다, 식대 5000원이 있었다, 여자들만 근무했다. 혹시라도 다시 자기를 부를지도 모른다고 생각한다. 정규직 관리자들이 반말하고 큰소리치고, 자기 시간을 아무 때나 요구하고, 어린애 취급하고, 계약직 여성이라 승진과 수당이 없는 곳이라는 생각은 하지 않는다. 좋은 점이라 생각한 것들이 실은 당연한 권리라는 생각도 하지 않는다.

말하자면 《비정규 사회》는 그 나머지 군더더기 말이다. 어쩐지 잘못된 것 같고, 부당하게 느껴지고, 참을 수 없을 때 가슴속 웅얼거리는 말들이 어떤 말이 돼 나오고 싶은 건지 떠올려볼 수 있는 책이다. 여성의 가난과 차별을 재생산하는 시스템이 비정규 노동이다. 비정규 노동이야말로 젠더의 관점으로 더 많이 공론화해야 한다. 이 책은 비정규 노동 일반을 잘 설명해주지만, 앞으로 여성의 비정규 노동을 더 깊고 다양하게 조망하는 책도 잇따르면 좋겠다. 우리가 경험하는 일터는 성별에 따라 다르기 때문이다.

김혜진은 이렇게 주장한다. "노동자들은 계약해지라는 명목 아래 임의로 해고되어서는 안 된다. …… 특히 정규직 취업 관문이 막힌 청년 노동자들은 불안정한 일자리를 감수할 수밖에 없다. 선택

했으니 책임지라고 말해서는 안 된다. 불안정한 일자리를 만든 것은 노동자가 아니라 기업과 정부이기 때문이다."

고용 불안정은 일시적 혼란이 아니라 이윤 중심의 정책이 계속 만들어내고 있는 현상이다. 실업자는 더 늘어날 테니 모든 사람의 생존권이 문제로 제기돼야 한다. 일하지 못한다고 해서 사회 구성원으로서 먹고살 자격까지 사라지지는 않기 때문이다. 생존권은 모든 이가 보장받아야 할 권리다. 임금피크제를 도입하고, 저성과자를 해고하고, 취업 규칙을 회사가 마음대로 바꿀 수 있게 제도를 완화하고, 탄력적 근로시간제로 노동자의 생활을 불안정하게 만들고, 35세 이상이면 비정규직으로 4년까지 고용하겠다면서 상시 고용의 책임을 더욱 회피하고, 고용 보험 제도도 비정규직이나 신규 취업자에게 불리하게 바꾸자는 것이 정부가 말하는 노동 시장 개혁의 정체다.

기업은 국민을 돈 벌어주는 부속품쯤으로 여긴다. 정부는 자기들이 국민을 소유하고 있으며 마모되거나 탈락하는 국민은 버려도 좋다고 대놓고 밝힌다. 부속품이 아닌 사람은 어떻게 될까? 일하지 않으면 생존할 권리도 없는 걸까? 비정규직이라는 이름으로 노동을 토막 내도 되는 걸까? 불안정한 일자리를 제공받아도 끝까지 감수해야 할까? 여성에게 주어지는 일은 왜 이 모양일까? 아마 이런 말이 하고 싶었을 것이다. 노동자의 가슴 속에 있는 군더더기 말. 상상하기 어렵고 발화하지 않는 말들이다. 그러나 그렇기 때문에 얼마나 하고 싶은 말이 됐나. 방향을 잃은 차별과 불만과 분노 속에 사실 가장 하고 싶은 말은 이런 말들이 아니었을까.

"위 아 낫 슈즈!
위 아 휴먼!"

《아메리카 타운 왕언니, 죽기 오분 전까지 악을 쓰다》

삼인

2005

10년 전에 찾아간 송탄의 그 집에는 기지촌에서 평생을 보낸 여성들
이 앉아 있었다. 그 자리는 기지촌 여성이나 국제결혼한 여성이 머물
곳을 마련하려고 마음을 모으는 자리였다. 나는 기지촌 현장 출신
활동가인 김연자 님의 삶을 기록한 인연으로 그 조촐한 기도 자리에
초대받았다.

　내 옆에는 혼혈인인 제인(가명)과 캐서린(가명), 그리고 두 사람
의 어머니들이 앉아 있었다. 제인은 어린아이처럼 엄마 곁에 바짝 붙
어 있었다. 제인의 어머니는 전에는 기지촌에서 성매매하고 살았지
만 이제 나이 들고 불편한 몸으로 폐지를 주우며 살고 있다. 그래서
아이들 학비, 병원비, 결혼해서 불행하게 사는 다른 자식 걱정 등 여
러 근심이 많았다. 길가 손바닥만 한 텃밭에는 푸성귀가 자라고 있
었다. 땡볕 아래 시들어 보이는 채소도 직접 키웠다.

　미국에서 온 여자 목사가 좁은 방 가운데에 앉아 성경을 폈다.
큰 안경을 끼고 하얀 블라우스를 입은 그 여자 목사도 기지촌에 있
다가 미군하고 결혼해 미국으로 갔다. 기지촌 출신 여성들은 이주해

서도 불화와 가난과 학대 때문에 고통을 받았지만, 고국의 동료들을 잊지 않았다. 남의 집 가정부 일을 하거나 공장에 다니며 번 돈의 일부를 부쳐 남은 사람들의 자립과 생존을 도왔다. 미국에서 일부러 건너온 목사 또한 과거를 잊지 않고 자기 자리에서 묵묵히 활동하는 이였다.

제인은 조금 주눅들어 보였다. 친구들이 너희 나라로 가라거나 깜둥이라고 놀리거나 영어 해보라며 따돌려서 학교에 가기 싫다고 했다. 형편이 어려워 사립 학교에 가지 못하고 영어를 따로 못 배워 한국말만 하는데도 한국인 취급을 받지 못했다. 아르바이트라도 하고 싶은데 흑인 혼혈이라 일자리 구하기도 힘들다고 했다.

김연자 님은 내게 제인의 이야기를 기록해달라고 했다. 희망 없는 한국보다 인종이 다양한 미국이 그나마 혼혈인이 살기 나을 거라고 했다. 그 애가 미국으로 얼마나 가고 싶어하는지, 얼마나 착하고 성실한 아이인지, 가면 얼마나 열심히 생활할지를 써서 후원해줄 미국 사람에게 전해달라고 했다.

내 앞에서 제인은 눈치를 보며 미국에 가고 싶다고 하다가, 이내 머뭇거리며 엄마가 걱정스럽다고 하더니, 어떻게 해야 할지 모르겠다는 표정으로 입을 다물었다.

캐서린은 제인보다 밝았다. 백인 혼혈인 캐서린은 햄버거 가게에서 아르바이트를 할 수 있었고, 엄마가 뒷바라지해줘 미군 자녀들이 다니는 학교에 다닐 수 있었고, 영어도 잘하는데다 친구들도 있었다. 그러나 영어와 한국어를 섞어 쓰면서 앞으로 무엇을 해야 할지 자기도 잘 모르겠다고 말했다.

혼혈이면서 한국인 남성하고 결혼해 무역업을 하는 앤(가명)은 아이들에게 혼혈인이라서 더 잘할 수 있는 일이 있다고 격려했다. 그리고 자기 또한 기지촌 출신 혼혈인으로서 다른 혼혈인들을 위해 할 수 있는 일을 하겠다고 밝히고, 서울로 놀러오라고 아이들을 초청했다.

내가 모르는 이름도 나왔다. 엄마와 함께 지내며 신문 배달을 하고 독학하며 열심히 살다가 사회에 설 자리가 없어 결국 다리에 목매어 죽은 한 혼혈인이었다. 그 이름이 나오자 모두 묵묵해졌다. 그런 일을 다시 만들면 안 된다고 그랬다.

목사 곁에 둥글게 모여 앉아 기도했다. 엄마들은 고개를 쳐들고 눈물을 삼키기도 하고 고개를 푹 숙인 채 울기도 했다. 꼿꼿이 단정하게 앉아 있거나 활기차게 '아멘'을 외치는 사람도 있었다. 제인과 캐서린은 눈을 뜨고 가만히 앉아 있었다. 많은 것을 바라지 않았다. 모일 수 있는 공간과 말을 나눌 사람과 차별받지 않고 함께 살아가는 미래를 꿈꿨다.

오랜 세월 언제나 기도했다. 동료들이 미군에게 살해되거나 삶을 견디지 못해 자살하거나 연탄가스에 중독돼 죽어갈 때, 함께 모여 울고 기도하며 서로 지켜냈다. 신을 믿어서 기도한 게 아니라 살려고 기도했다. 이 세상에서 감사해야 할 것을 찾다가 살인하지 않게 해주셔서 감사하다고 기도한 사람들이다.

비닐 차양을 친 좁은 마당을 나와 철문을 열자 빛이 쏟아졌다. 걸어가면서 영어로 쓴 간판을 단 음식점과 술집과 거리낌없이 지나치는 미군들을 봤다. 그리고 곧 부대 정문이 보였다. 예순이 넘은 김연자 님은 기지촌 출신 여성들의 자립을 위해 공동체나 센터를 세울 꿈을 꾸며 의욕에 차서 일하고 있었다.

"기지촌은 내가 아는 유일한 세상입니다. 이곳에 아직 사람들이 있어요. 그래서 나는 이곳에서 계속 일할 겁니다."

김연자 님은 동두천, 송탄, 군산 아메리카 타운을 거치며 기지촌에서 살았다. 기지촌 성매매 여성으로서 미군 범죄를 증언했고, 바뀌지 않는 기지촌의 현실에 저항했다. 많이 배우지 못했고, 가진 것이 없었고, 결혼하지 않았고, 자식을 갖지도 않았다. 그러나 어떤 사람 말대로 '같은 세대의 아무도 하지 못한 일'을 해냈다. 기지촌 성매매 여성의 목소리를 세상에 알리고, 꿈과 희망을 포기하지 않았기 때문이다.

기지촌 성매매는 1945년에 미군이 주둔하기 시작하면서 함께 시작됐고, 불평등한 한-미 동맹 아래 국가 정책으로 육성됐다.

"정부의 기지촌 관리는 1957년 2월부터 '전염병 예방 시행령'에 의해 진행됐다. 그 핵심은 다름 아닌 성 구매자인 미군을 위한 '기지촌 위안부의 성병 관리'였다. 1961년 11월 '윤락행위 등 방지법'이 제정되고 유엔의 '인신매매금지 및 타인의 매춘 행위에 의한 착취 금지에 관한 협약'에 가입하는 등, 한국 정부는 표면적으로는 성매매 금지정책을 표방했다. 그러나 이듬해인 1962년 '특정 윤락 지역' 총 104개소를 지정해 이곳만큼은 경찰에 등록하게 하고 성매매 단속을 면제했다. 특정 윤락 지역에는 용산역, 영등포역, 서울역 등지의 성매매 집결지와 이태원, 동두천, 의정부 등지의 기지촌이 포함됐다. 정부는 식품위생법(1962)과 전염병 예방법(1954)에 의해 이

지역을 관리했다. 특히 기지촌 '위안부'에 대한 성병 관리와 단속은 더 철저히 했다"(나랑, 〈국가가 미군 상대 성매매 조장했다〉, 《일다》 2015년 6월 24일).

기지촌의 성매매 여성은 '외화를 버는 애국자'라고 교육받았다. 2014년 7월 7일에 '주한미군 기지촌 여성 성매매 피해 진상규명 및 지원에 대한 특별법'이 국회에 제출됐다. 국가를 상대로 제기한 손해배상 청구 소송에서는 대한민국이 '기지촌을 형성하고 조장한 증거'를 둘러싸고 공방이 거듭됐다.

그 작은 방을 떠올린다. 외교라는 허울에 묻혀, 경제적 이해관계에 묻혀, 언제나 착취당하고, 오롯이 한 사람으로 대우받지 못한 여성들이 그곳에 있었다. 정부에서 발행한 '검진증'이 없다고 경찰서로 끌려가 즉결 재판을 받고, 병이 있으면 '몽키 하우스' 수용소로 보내져 독한 약을 투여받았다. 범죄자 취급을 받으면서 미군에게 깨끗한 여자인지 아닌지 날마다 다리를 벌리고 검사를 받았다.

미군 부대에서 '슈즈 10달러, 롱타임 10달러'라고 적힌 유인물이 뿌려질 때 미군 부대 앞에서 데모를 했다.

"위 아 낫 슈즈! 위 아 휴먼!"

미군이 휘두른 칼에 찔려 죽은 동료의 시체를 문밖에서 지키고, 부대로 옮겨진 시체가 음식 냉동고에 들어가 있다는 사실을 듣고 맨발로 달려나가 부대 앞에서 항의했다. 동료를 죽인 미군을 재판할 때 증인으로 나섰다.

"본질은 변하지 않고 우리에게 남아 있는 것이 역사입니다."

김연자 님이 헤어질 때 말했다. 변하고 있지만 또한 변하지 않

는 것이 이곳에 있다, 그 사실을 당신도 기억해달라는 뜻이었을 것
이다.

덧없는 인생의
맹렬한 허기, 나

제인 정 트렌카

《덧없는 환영들》

창비

2013

제인 정 트렌카는 1972년에 태어나 생후 6개월 만에 미국 미네소타주의 어느 백인 가정에 입양됐다. 한국에 돌아와 '진실과 화해를 위한 해외 입양인 모임TRACK' 설립에 참여해 사무총장을 지냈다. 제12회 서울국제여성영화제 학술회의에서 트렌카를 처음 봤다. 트렌카는 쉽게 접할 수 없는 정확한 자료를 갖고 한국의 해외 입양에 온몸으로 문제 제기했다. 점잖고 차분한 느낌을 주는 다른 발제자들 사이에서 자기 삶과 존재를 걸고 목소리 높여 말했다. '지구 지역 시대 볼모로서의 모성'이 주제였다. 백만 명의 살아 있는 유령들을 만든 한국의 해외 입양은 구조적 폭력이고 사회적 죽음이라고 트렌카는 말했다.

"우리는 정당하게 분노해야 한다. 아이들을 돈과 맞바꾸고 불안정한 어머니들을 착취하는 것에 암묵적으로 동의하는 것은 그들을 공장식 축산 농장에서 알을 낳는 암탉들처럼 취급하는 것에 지나지 않으며, 우리 모두의 인간성을 서서히 무너뜨리는 것이다."

그래서 찾아서 읽어봤다. 《피의 언어》는 정말 피로 쓴 책이었다.

그렇게 말할 수밖에 없다. 가끔 이런 책들이 있다. 책에 인생을 담는 일이 보통 불가능하지만, 어떤 책은 정말 인생을 담고 있다. 온몸으로 겪어야 한 삶의 살이 떨어져 나가고 뼈 같은 단어만 남아 있지만, 그 단어와 문장들이 환기하는 삶의 질감이 우리를 다시 삶으로 이끌어준다.

《덧없는 환영들》은 트렌카가 쓴 둘째 책이다. 책 맨 앞에 있는 시구를 보자. '덧없는 환영들마다 세상이 보이네, 다채로운 무지갯빛 가득한 세상들이.'

트렌카는 여섯 번 한국에 왔다. 여섯 번째 한국에 왔을 때는 미국인을 만나 결혼해 다시 미국인으로 돌아갈 수 있으리라 생각하다가 이혼한 직후였다. 서울에서 '학생처럼, 수도사처럼' 가로세로 5미터 남짓한 방에서 살면서 가진 물건이라고는 '컵 세 개, 밥솥 하나, 요 한 장, 책 몇 권'뿐인 생활을 했다.

미국에서 돌아온 트렌카는 서울의 풍경을 기록한다. 외국인 동네면서 한국인 동네인 연희동, 미군이 주둔한 용산, 자기를 한국인이나 성매매 여성으로 취급하는 이태원, 북한의 빈곤 상황('그러나 북한은 입양을 보내지 않았다'), 근거지를 포기하고 한국으로 돌아와 떠도는 입양인 200여 명, 영어를 잘한다는 이유 하나로 자기를 동경하는 학원생들('그들에게 입양이 유학과 다르다는 것을 끝내 말하지 않았다'), 잘산다는 것과 미국으로 간다는 것이 아직 동의어인 한국의 편견, 영어와 한국어 사이의 깊은 골, 언어를 배우면서 느끼는 경험과 인식의 간극 등을 낱낱이 기록했다.

'모든 것이 새로웠고 모든 것이 그 뒤에 자신에게 더 큰 의미가 있었으므로' 입양인인 트렌카는 풍경의 본질을 어떤 작가보다 날카롭고 빠짐없이 그려낸다. 분단과 자본주의, 식민지성과 소외를 정확한 언어로 그려낸다. 한국의 작가가 일상적이고 나른한 풍경으로 묘사할 수도 있는 풍경을, 트렌카는 긴장되고 부릅뜬 시선으로 그려낸다. 모든 게 연결돼 있기 때문이다. 북한에 있는 고향에 돌아가고 싶어 서해에 재로 뿌려진 아버지, 자기를 다섯째 쓸모없는 딸이라고 베개로 얼굴을 덮어 죽이려던 아버지, 돈이 없어 경제적으로 남자에게 의존하고 아이를 빼앗길 수밖에 없던 어머니, 화려한 한강 다리, 경제 성장의 이면에서 가난한 이들의 노동을 추방한 역사가 모두 이어져 있기 때문이다. 트렌카는 한강 다리 위에서 이 모든 부를 함께 일궜으면서도 그 몫을 받지 못하고 추방된 부모와 또 추방돼 사라져야 했던 자기를 생각한다. 거의 들리지 않고 목소리를 내는 게 불가능에 가깝지만 말을 하는 입양인, 존재로서 시위하는 자기들을 떠올린다.

자기를 죽이려던 아버지는 죽고 자기는 살아남았다. 아시아 여성이라고 자기를 표적으로 삼고 강간 살해하려던 스토커도 있었지만, 살아남았다. 미국에 적응하느라 자기 존재를 빼앗기고 강탈당해야 했다. 인종 차별 속에서 완전한 미국인으로 인정받지 못한 채 일상의 차별을 겪었고, 거듭된 성추행('한국은 여성에게 위험하지만, 아시아계 여성은 외국에 나가면 더더욱 위험하다'고 트렌카는 썼다)을 당했다. 정신 병원에도 갔다. 자기를 정신병자 취급하는 곳에서 잘못한 게 없다고 깨우쳐주고 살려준 책이 주디스 허먼의 《트라우마》였다.

한국어를 하고 싶어도 영어로 쓰고 생각할 수밖에 없는, 한국에서 사는 '괴물.' 한국에서 만난 미국인은 트렌카가 말을 걸면 한국인이라 생각해서 도망치고, 토할 정도로 한국 음식을 먹어대지만 미국식 치즈가 그리워 이태원을 기웃거린다.

미국인 부모의 역사는 배웠지만, 한국의 역사와 부모의 이야기는 배울 수 없었다. 자기가 어떤 사람인지 찾으려고 입양 기관에서 뗀 서류들에는 모두 다른 날짜와 내용이 적혀 있었다. 이름도 달랐다. 그때는 그런 일이 흔했다는 답이 돌아왔다. 입양을 보내려면 고아로 만들어야 한 탓에 고아가 돼 팔린 아이들. 잘사는 외국에 가면 행복해진다며 인간을 무지하고 잔인하게 예단한 사람들.

그러나 덜 허기지고 덜 불안할 것이라는 희망의 끝자락을 붙잡고, 입양인이던 그 사람들은 다시 한국으로 돌아온다. 월세를 벌려고 영어 강사를 하면서, 고시원에 모여 살면서, 처음에 반듯하던 모습을 술과 고통에 무너뜨리면서, 자살을 시도하면서, 서로 애타게 사랑하고 헤어지면서 결국 떠나지 않는다. 그치지 않고 찾는다. 자기 자신을, 인간다울 가능성을, 자기를 사랑하고 남을 사랑할 수 있는 능력을 회복하기를 꿈꾼다. 한국의 자연 속을 걷다가 이 자연은 나를 받아주지 않을까, 너는 누구인지 묻지 않고 받아주지 않을까 하는 상상을 한다. 나는 누구일까? 이 덧없는 인생의 맹렬한 허기, 여기 존재하는 나, 그것을 부정할 수 있겠냐고 던지는 물음.

한국어판에 붙여 쓴 글에서 트렌카는 이렇게 말했다. 미화 800달러에 팔려간 지 41년이 지났고, 어마어마한 확률을 뚫고 자기를 비롯한 많은 해외 입양인이 국외 추방과 입양 생활에서 살아남아 한국으로 돌아온다고.

"우리의 '부재'가 아닌 우리의 '존재'가 이 나라 현대사의 일부가 되기를 바란다. 여전히 민주화가 진행 중인 이곳에서, 아직도 수많은 이들이 인간으로서 존엄한 삶을 살고자 고군분투하고 있는 이곳에서, 우리가 힘 있는 자들이 아니라 힘없는 자들에게 도움이 될 수 있기를 희망한다."

《덧없는 환영들》에는 삶을 통과한 아름답고 진실에 찬 문장들이 많다. 절실하게 빛나면서 그 예리한 날의 빛을 축복처럼 우리에게 전해준다. 피가 흐르는 언어에서 다시 심장이 뛰고, 칼날 같은 인식이 불가능해 보이는 희망을 너그럽게 허락한다. 그런 경험이 우리가 함께할 일이 남아 있다는, 우리가 아직 살아 있다는 증명이 되겠지. 자기의 내밀한 고통을 말한 적이 없는 사람이라면, 자기가 누구인지 고민한 적이 있는 사람이라면, 제인 정 트렌카가 온몸으로 쓴 언어 속에서 자기를 만나고 끌어안는 경험을 할 수 있으리라. 책은 이렇게 끝난다.

"우리가 어떤 과거를 지나왔든, 우리가 어떻게 다르든, 우리가 무엇에 실패하고 무엇에 성공했든 간에, 우리는 결국 혼자, 또 다 함께 마지막에 이를 것이다. 음악가들, 시인들, 공장노동자들 모두 그곳에 이를 것이다. 위험한 정도로 미친 사람들, 암살자들, 피살자들 모두. 마음씨 좋은 사람들, 악의 없는 사람들, 악덕업자와 타락한 사람들 모두. 엄마들, 아이들, 이름 붙일 수 없는 존재들, 우리[uri], 위[we], 모두. 우리는 이처럼 두렵고도 경이롭게 만들어졌고, 자기 말과 자기 손이 빚어내는 하나뿐인 미래의 거주민이다. 그리고 아직 오지 않은 그때에 우리가 하는 일은 공정하고 너그럽고 진실되고 풍요로울 수 있으리라. 그러리라는 것을 나는 너무도 잘 알고 있다."

청소년,
내가 살고 싶은 집

탈가정 청소년주거권 인터뷰프로젝트

《그 집은 나를 위한 집이 아냐》

청년주거협동조합 모두들 펴냄

2014

사람들이 그냥 믿는 게 있다. 집은 행복한 곳이고, 가족들은 서로 사랑한다고 믿는다. 결혼과 연애는 아름다우며 모든 이야기의 좋은 결말이라고 믿는다. 또 있다. 청소년들은 학교에 다니는 아이들이고, 아직 일할 수 없다고 믿는다. 청소년들은 집에서 가족이 보호해야 한다는 말이다. 사실 진술이라기보다는 가치 진술인데, 그 가치는 억압적 통념이 된다. 실제 삶이 드러날 수 없기 때문이다. 집이 행복하지 않고, 가족들은 갈등하며, 살려면 일해야 하고, 집을 벗어나야 생존할 수 있는 청소년들. 그런 청소년들의 이야기는 불편한 것으로 외면당해 버리기 일쑤이므로 없는 사람으로 치부된다.

탈가정 청소년들의 목소리를 담은 《그 집은 나를 위한 집이 아냐》가 비매품으로 출간됐다. '가출'이라는 말 대신 '탈가정' 청소년이라고 이름 붙인 이유는 집은 절대적인 곳이 아니며 혈연 가족이 아니어도 얼마든지 다양한 가구 구성을 상상할 수 있다고 생각하기 때문이다. 11명의 청소년이 자기가 겪은 집, 거리에서 살아가는 지금, 자기가 꿈꾸는 집을 직접 이야기한다.

인터뷰어와 인터뷰이는 거리에서 만나 이야기를 나눴다. 부천역 앞 청개구리 밥차에서 밥을 먹으면서 얘기하기도 했다. 처음 만난 사람에게도 솔직하게 자기 생각과 감정을 표현했다. 한 명 한 명의 목소리에는 지문처럼 뚜렷하게 자기의 인생과 느낌이 표현돼 있다. 그래서 이 텍스트는 통념에 젖은 이에게 충격을 준다. 탈가정 청소년들이 얼마나 용감하고 처절하게 삶을 지켜내려 하는지, 고통을 직시하고 있는지, 상상할 능력이 있는지 알게 된다.

이 모든 이야기의 가운데에 집이 있다. 떠나야 한 집, 허락되지 않는 집, 무엇보다 절실한 지상의 방 한 칸. 이 책은 여러 계층의 청소년이 폭력과 억압을 피해 집을 나오는 현실을 보여준다.

단미는 아빠가 변호사다. 엄마한테 공부하라고 맞다가 집을 나왔다. 단미가 원하는 집은 '안전하게 살고 밥 먹고 싶을 때 먹는 곳'이다. '사회적 지위를 대물림하려고' 자기를 학대하는 집은 '안전하지 않은 곳'이다. "저는 많이 억압되어 있어요. 손목을 일일이 채우고 있으면 아프니까 좀 풀어줬으면 좋겠어요."

지현은 아빠가 세 명인데, 아빠는 술 먹으면 엄마를 때렸다. 엄마는 늘 피투성이였고 성적으로 학대받았다. 지현도 맞았고 강간을 당하기 직전에 집을 뛰쳐나왔다. 여자아이의 가출은 집과 길에서 일어나는 성적인 폭력과 착취, 젠더에 따른 다른 경험에 맞물려 있는 만큼 더 귀기울여야 한다. 인터뷰어는 잘 곳 없는 지현을 자기 집으로 데려갔지만 남편이 아무나 집에 데려 왔다고 호통을 쳐서 둘은 쫓겨난다. 인터뷰어가 쓴 글을 읽던 나는 온몸이 저려왔다. "매일 밤 이들처럼 이런저런 사정으로 당장 잘 곳 없이 거리 위에 수많은 청소년들이 서 있겠구나 하는 생각이 떠올랐다. 과연 이들은 어디서 어떻게 밤을 보내야 할까 하는 생각을 해보니 마음이 아득해져왔다."

정민은 가출한 뒤 범죄를 시작했다. "가출하면 가장 힘든 게 돈이 없는 거예요. 잠을 자든 밥을 먹든 돈이 필요하니까요." 정민은 시급이 얼마 안 되고 대우가 낮은 아르바이트를 포기하고 선배들하고 연결돼 차를 털고 오토바이를 훔치고 핸드폰을 뺏다가 재판을 받게 된다. 정민은 친구들하고 함께 살 수 있는 집을 꿈꾼다. "만약 내가 대통령이 된다면 하고 싶은 게 딱 하나 있는데, 가출한 학생들이 재판을 받게 되면 처벌을 많이 하기보다 돈을 주겠어요. 살아갈 수 있는 돈. 집을 구하거나 먹을 걸 먹을 수 있는 돈이요."

성진은 말한다. "아무 집이나 상관없어요. 오래 살 수 있는 집이면……." 쉼터와 거리 생활을 반복하다가 자기를 보호해준다고 여긴 형들에게 쫓기는 신세가 된 성진은 사람들의 사랑을 그리워한다. 부모님과 살고 싶지만 만날 수 없다. "가출해도 얻을 수 있는 게 있어요. 집에 있을 때 못 배운 게 있더라도 그때 못 배운 것을 배울 수 있어요. 밖에 나와 살면 자립심도 생기고요. 그냥 먼저 사회생활을 하는 것뿐인데 그걸 너무 선입견을 가지고 봐요."

현석은 가출한 뒤 가정 폭력으로 집을 나온 예지를 만나 같이 살고 있다. 한 건당 2000원을 받는 배달 대행 일을 하며 고시원에서 산다. 좁은 고시원에서 예지는 혼자 밥을 먹고 하루종일 현석을 기다린다. 현석은 낮 1시부터 새벽 1시까지 하루 50건이 넘는 배달을 한다. 일하다가 사고를 당하기도 했다. 자기 노동으로 자립하고 싶지만 주어진 일자리는 많지 않고, 그나마 위험한 일뿐이다. 현석은 예지의 생존까지 지켜주고 싶다. "솔직히 같이 안 살아도 되죠. 하지만 저 아이만큼은 포기 못 하겠어요."

이 책은 안정적인 삶의 가장 기본이 되는 '집'을 문제삼으며 청소년들이 어떻게 '허구적인 행복한 혈연 가족'이 아니라 자기만의 또 다른 '집'을 구성할 수 있을지 묻는다. 청소년들에게 왜 가정으로 돌아가지 않는지 묻는 것은 어불성설이다. 살려고 '집'을 나온 청소년들이 거리에 있고, 그런 청소년들이 잊히고 방치되기를 강요당하는 것이 현실이다. 그런 현실 앞에서 청소년들의 목소리에 귀기울이고, 새로운 집을 상상하며, 청소년이 노동하고 생존할 토대를 사회가 함께 만들어가야 한다. 거기에 그 청소년들이 있으니까. 어떤 통념과 훈계로도 바로 볼 수 없는, 폭력을 분별하고 자기를 지키려고 탈출할 힘이 아직 남아 있는 청소년들이 있으니까. 일자리와 집을 허락하지 않는 냉혹한 세상에서 다른 이의 집 앞에서 자고, 노동을 착취당하고, 돈을 구하러 범죄를 저지르지만, 거기에서 끝내지 않고 자기 삶을 끌어안은 채 희망을 품고 있는 청소년들이 있으니까.

책 뒤쪽에는 청년들이 집을 만들고 대안적 쉼터를 모색하는 이야기가 덧붙어 있다. 청년주거협동조합을 만들고 자립팸 이상한 나라에서 실질적인 자립을 연습하며 공동 거주를 한다. 이런 모색은 시작일 뿐이지만, 사회에 새로운 질문을 제기하는 실천이므로 의미가 크다. 청소년을 복지의 대상으로 보지만 말고, 대안 공간을 마련하고 자립할 수 있게 돕는 시도들이 더 활발히 진행돼야 한다. 보호나 제한이 아니라 다양한 관계와 경험의 장이 만나는 '집'이 세상 곳곳에 더 많이 생겨나기를 꿈꾼다.

'달리'들에게
보내는 인사

김미월

《아무도 펼쳐보지 않는 책》

창비

2011

내가 가지고 있는 소설집 《아무도 펼쳐보지 않는 책》의 속표지에는 김미월 소설가가 또박또박 쓴 사인과 '부당 해고 없는 세상을 꿈꾸며'라는 글귀가 적혀 있다. 작가가 기증한 이 책을 나는 쌍용차 해고 노동자를 위한 행사에서 샀다.

　김미월은 내 또래다. 같은 세대 작가가 들려주는 이야기는 어쩐지 낯익고 친숙하다. 단편 소설 〈현기증〉이 인상 깊었다. 주인공 이름은 '달리'다. '달리 할 말도 없었다'는 문장을 읽고 주인공은 자기 이름을 달리로 바꿨다. 달리는 조그마한 시골 마을에서 나고 자랐다. "늙수그레한 남자 선생들밖에 없던 중학교에 젊은 여자 교사가 첫 발령을 받아 부임했다." 달리의 반 담임 선생이었다. 달리는 '이 세상의 보편적 질서에 구애받지 않는' 담임 선생을 좋아했다. 담임은 학급 회의 시간에 평화 통일이 무엇인지 학생들에게 질문한다. "여러분 말대로 북한 정부를 없애고 통일국가에 남한 정부 하나만 세우는 거? 그게 진짜 평화 통일일까요?" 회의를 기록하던 달리는 칠판의 내용을 회의 일지에 썼다. 이튿날 담임 선생은 학교에 나오지 않앉고, 경찰서에서 연행해 갔다는 소문이 들렸다. 한 학생이 집에 가서 학급 회의 시간에 선생님이 한 말을 이야기했고, 그 말이 경찰에 전해져 상부에 정식으로 보고됐다는 소문이었다. 교장 선생이 증거로 내민 공책 한 권은 언제 입수한지 모를 학급 회의 일지였다. 거기에는 달리의 글씨체로 담임 선생이 한 말이 적혀 있었다. "북한 정부를 무조건 없애는 게 아니라……진정한 평화통일은……북한 정부를 인정하면서……." 달리가 쓴 기억이 없는데도 그렇게 써 있었다. 담임 선생은 학교에서 다시 볼 수 없었고, 달리는 수업 시간에 책상에 머리를 박으며 정신을 잃는다. "빨리 어른이 되기를, 그래서 빨리 이 마을을 떠날 수 있기를 그는 빌었다." 달리는 담임 선생을 다시는 만나지 못한다.

1989년 봄에 나는 열다섯 살, 중학교 2학년이었다. 좋아하는 선생님도 있었다. 국어 선생님이 복도를 지나칠 때는 학생들끼리 목을 빼 한 번이라도 더 보려고 안달이었다. 우리 교실에 낙서판이 있었다. 우리 반 담임은 수학 선생님이었는데, 거기에 아무 얘기나 마음껏 쓰고 꾸며보라고 했다. 우리는 어릴 적 사진도 붙이고, 좋아하는 꽃말도 쓰고, 우스갯소리도 끼적여놓았다. 5월 16일, 학교에 국어 선생님이 '잘렸다'는 말이 퍼졌다. 국어 선생님이 맡은 3학년 반의 낙서판에 '북한에 가보고 싶다' 같은 말이 한두 줄 써 있는 게 이유였다. 이해할 수 없었다. 국가보안법이 뭔지도 몰랐다. 우리 담임이 허둥거리며 교실로 들어왔다. 교실에 있던 나하고 눈이 마주쳤다. 나보고 교실 뒤에 있던 낙서판을 떼어 따라오라고 했다. 교실 뒤 공터 쓰레기장에 가서 담임은 서둘러 라이터를 꺼내 낙서판에 불을 붙였다. 우리가 살갑게 쓰고 그린 글씨와 그림이 불길에 휩싸였다.

"우리 반에는 낙서판이 없었던 거다."

"예."

"너는 이걸 보지도 못한 거다."

"예."

불길은 낙서판을 활활 태우고 있다.

"이건 처음부터 없었고 누가 물으면 모른다고 해야 한다!"

"예."

나는 타들어가는 낙서판 앞에 얼어붙은 듯 서 있었다.

교장이 전교 반장과 부반장들을 불러 자기 반에 낙서판이 있는지 적어내라고 위압적으로 지시했다. 없다고 써냈다. 국어 선생님은 단식을 하고 유서를 품은 채 출근하다가 5월 26일 밤 11시에 학교에서 경찰서로 끌려가 구속됐다. 이틀 뒤 5월 28일에 전국교직원노동조합이 출범됐다. 전교조를 탄압하려고 국가보안법을 앞세워 여론 몰이한 공안 사건이었다.

그 흉흉하던 때, 누구나 한 번쯤은 선생을, 친구를 의심했을 것이다. 저 선생이 빨갱이인지, 누가 거짓말하는지, 저 애가 첩자인지, 어떤 애가 교장실을 들락거리지 않는지. 선생 중에 간첩이 있다고 했다. 정권에 필요해서 간첩 이야기를 지어내었다고 해도, 간첩이 아닌지 서로 의심하며 부대껴야 하던 그 시간은 어린 우리에게 지옥이었다.

절판된 책《서준식의 생각》(서준식, 2003)을 헌책방에서 우연히 구해 읽으며, 나는 다음 구절에서 눈을 떼지 못했다. "국가안보를 위해 철저히 뿌리를 뽑고 씨를 말려야 할 '간첩'이 정권안보를 위해 반드시 필요했으며 없으면 만들어내기까지 해야 했다는 것은 기막힌 역설이다. …… 분단체제에 마지막 남은 이 금기에 우리가 도전하지 않으면 안 될 까닭은 바로 우리 자신이 오랜 불안과 공포와 불신의 굴레에서 해방되어야 하기 때문이다."

내가 '간첩'이라고 의심한 적 있는 국어 선생님에게 부끄러워 그 부분을 그토록 열심히 읽었다. 의식화 교사로 매도된 국어 선생님은 몇 년 뒤 증거 부족으로 무죄 판결을 받고 복직했다. 어른들이 일러주는 대로 '좌경 용공'으로 선생님을 의심한 일이 평생 미안했고, 용서를 구하고 싶었다.

평화 발자국 시리즈인 《빨간 약》(2015)에 실린 김수박의 만화 〈나의 전교조 선생님〉을 봤다. 마지막 장면에서 '우리 선생님을 돌려달라'고, 그때는 차마 하지 못한 말을 외치는 어린 학생들을 보고는 입술을 깨물고 울었다. 할 수 없던 일을 상상하고 다시 현실로 만드는 일이 예술이라고 말하는 듯했다.

얼마 전 길을 걷다가 작은나무 카페에 붙은 대자보를 마주쳤다. 성미산학교에 다니는 한 학생이 쓴 글이었다.

성미산 여러분, 안녕들 하십니까?

사람들이 성미산 마을에 살고 있는 우리를 종북 좌파라고 말합니다. 사실 저는 이 단어들이 매우 어색합니다. 저희들 중 잘 모르는 사람도 있습니다. 우리가 배우고 생각하는 것들이 남들과 다르기 때문에, 이 사회의 문제에 대한 대안을 고민하고 있기 때문에 이

런 이야기를 듣는 건가요? …… 잘못된 것을 잘못됐다고 하면 종북
이 되고 소리 질러 목소리를 내는데 들어주지 않습니다.

아직 불타는 낙서판 앞에 내가 있었다. 아, 나도 인사하고 싶다.
열다섯 살 적 그때 친구들에게. 가끔 안부가 궁금하던 그 친구들에게.

안녕들 하십니까?

중학교를 함께 다니던 친구들, 안녕하십니까? 수업 중 책상이
새까맣게 되도록 낙서를 하던 친구들, 안녕하십니까? 책상을 검게
덧칠해도 그 위에 다시 낙서하던 친구들, 안녕하십니까?

우리는 엉거주춤 공부하면서 고향을 떠나기만 바랐습니다. 공
부를 잘하면, 서울에만 가면 성공할 것 같았습니다. 사람과 세상에
믿음을 잃어도 우리는 자랄 수 있었습니다. 학교를 졸업하고 어른
이 될 수 있었습니다. 그리고 뿔뿔이 흩어져 이제는 아무도 고향에
없겠지요.

그때 청소 시간에 빗자루를 들고 고개를 숙이며 몇몇이서 말했
지요. "어차피 할 수 있는 건 아무것도 없어, 우리한테는 힘이 없잖
아." 처음이자 마지막으로 꺼낸 용기들이 제각기 주머니 속으로 들
어간 뒤에 다시 눈을 마주치지 않았습니다.

그게 뒤늦게 후회가 됩니다. 운동장에서 〈스승의 은혜〉를 부른
뒤 헤어진 당신들이 서로 앞뒤로 경쟁자가 돼 다시 만나지 못한 것
이. 30년이 지났는데 아직도 세상에는 '간첩'이 있고, '종북 좌파'가
횡행하고, 교사와 노동자들이 잡혀 들어가고, 학생들이 자살합니

다. 지난 일이라고 치부했는데, 다시 선생이 된 우리와 우리 자식들이 겪어야 하는 일이 이상하지 않습니까?

곧 마흔입니다. 에누리 없고 마음처럼 되지 않는 인생이 이제 슬슬 두려워집니다. 만나지 않고 떠나온 것이 있어 같은 걸림돌에 넘어지는 것만 같습니다.

그 글귀들을 기억하시나요? '북한에 가보고 싶다'고 쓰자 선생님이 경찰에 잡혀 들어가고, '우리는 어른이다'고 쓰자 경멸을 받고, '함께 사는 세상을 만들자'고 하자 매가 돌아왔습니다. 그래서 남모를 자책과 후회로 움츠러들어 사라진 손들.

말한다는 것은 손해를 본다는 것이었습니다. 당연히 국가는 무섭고, 법은 두렵고, 우리는 힘이 없으므로. 그게 우리가 받은 교육이라는 것이었습니다.

어른이 된 친구들, 안녕하십니까? 저는 좋아하는 선생님을 의심하는 법을 배워버린 뒤, 어떤 것도 믿을 수 없었습니다. 있는 것을 없다 하고, 본 것을 보지 못했다 하겠다고 약속한 그날 이후 저는 언제나 떳떳지 못했습니다.

당신들을 만나고 싶습니다. 그때 우리는 친구가 될 필요가 없었지요. 그때도, 지금도, 한 번도 사귀어보지 못한 당신들을 이제 동무로 만난다면, 저는 영원히 사라져버렸다고 여긴 우리의 낙서를 가슴에서 불러내고 싶습니다. 어느 문턱인가 우리가 다시는 꿈꾸지도 않고 바라지도 않게 된 말들이 무엇이었는지 떠듬거리며 말하고 듣고 싶습니다.

그래서 더는 외롭지 않고 싶습니다.

몸과 마음에 남은
전쟁의 기억

김현아

《전쟁과 여성》

여름언덕

2004

전쟁과 여성 인권 박물관에 갔다. 산비탈에 가까이 있어 그런지 녹음이 푸르고 잠자리 떼가 허공에서 빙글빙글 돌았다. 입구 벽에는 노란 나비 모양 쪽지가 빼곡히 덮여 있었다. 검고 둔중한 느낌이 나는 문을 열고 들어갔다. 작은 벽에 비친 영상에서도 빛나는 나비 떼가 날아간다. 일본군 '위안부' 생존자들이 겪은 역사를 기억하고 교육하며 전시 성폭력 문제를 해결하려 만든 곳이다. 첫째 문을 열면 쾅쾅거리는 포화 소리가 들리고, 눈 감은 여성들의 얼굴과 손이 부조로 새겨진 벽을 따라 지하로 내려가니 거기에도 전시물이 있었다.

사춘기 때 아버지는 내가 밖에서 강간이라도 당하지 않을까 심하게 염려했다. 꿈에서 전쟁이 일어나 군인들이 나를 끌고갈까봐 피신시켰다고 아침상 앞에서 심란한 얼굴로 말하기도 했다. 강박에 가까운 염려가 실은 아버지가 어릴 때 겪은 전쟁의 불안 때문이라는 걸 나중에야 알았다. 경상북도 안동에서 '일본의 명으로 위안부로 차출할 것이라는 이야기를 듣고 혼처를 가리지 않고 상대가 총각이라는 이야기만 듣고 급히 시집 보낸 큰누나', '젊은 여자들만 보면 잡아간다는 미군'을 향한 두려움, '어디서나 전쟁터를 피할 수 없는데 가족의 젊은 여자들을 데리고 다니면 더 위험하니 차라리 고향에서 전쟁을 맞는 것이 낫다'고 판단해 피난을 가지 않은 일. 이 모든 일이 아버지의 불안에 영향을 미쳤다. 아버지의 자서전에 이런 내용이 있었다.

밤이 되면 아버지는 형님들과 함께 산에서 생활한다. 집보다 더 안전하다. 나도 따라갔다. 산너머 멀리 안동 쪽에 계속 불빛이 번쩍이고 하늘이 밝고 붉게 물들어 있다. 유엔군 비행기의 폭격 소리가 산 위에까지 들렸다. 불빛이 아버지가 입은 흰옷에 반사되었다. 폭격은 밤늦도록 계속되었고 우리는 새벽녘에 산에서 내려왔다. 이웃 새댁은 돌더미 너머 냇가에서 빨래하다가 발에 총을 맞았다. 그때는 소속이 불분명한 사람들이 한두 명씩 총을 가지고 다녔다. 낮에 다니면 대개 경찰이거나 국군 소속이고 밤에 다니면 빨치산 소속이었다. 새댁은 고통을 참으며 빨래를 이고 다리를 끌면서 수백 미터를 걸어 집으로 돌아왔다. 총을 쏜 사람이 누구인지 어디 소속인지 알 수 없었다. 경찰에 연락했지만 수사해주지 않았다. 소독약도 없고 병원에도 가지 못한 새댁은 상처가 덧나 앓다가 한 달도 안 되어 죽었다. 새댁에게는 갓 젖을 뗀 남자 아기가 있었다.

전쟁의 기억은 몸과 마음에 남는다. 1949년 제주도에서 경찰이 쏜 총에 턱을 맞아 평생 천으로 얼굴을 가리고 산 〈무명천 할머니〉(4·3다큐멘터리제작단, 1999)의 주인공 진아영 할머니는 사람들을 거의 만나지 않고 살다가 십여 년 전에 죽었다. 총을 맞는 날 무슨 일이 있었는지 손짓과 몸짓으로 말하면서 웅크린 채 여전히 두려움에 떠는 화면 속 할머니 모습이 떠오른다. 진짜 무슨 일이 있었는지, 그리고 그 뒤의 삶이 어떻게 달라졌는지 전하지 못한 채.

《전쟁과 여성》(2004)을 쓴 김현아는 여성주의 관점으로 베트남과 한국에서 일어난 전시 여성 폭력을 기록했다. 당사자 여성과 목격자들의 목소리를 전하며 가부장제 사회에서 되풀이되거나 침묵하게 되는 폭력을 증언했다. 여성은 역사 속에서 어떤 존재로 여겨지며, 기억은 어떻게 재현되는지, 정말 무슨 일이 있었는지, 함께 듣고 기억하려면 무엇을 해야 하는지 얘기한다. 여성의 기억 속 전쟁은 남성의 관점에서 본 전쟁하고는 다르다. 가부장제는 전쟁의 시작과 끝, 그 뒤의 삶에서 여성의 기억과 발설을 막은 채 관철된다. 발문 〈상상 속의 평화와 현실 속의 평화〉에서 김은실이 지적한 대로 전쟁은 성별화된 제도고 사회를 성별화하는 제도기 때문에 젠더의 관점으로, 여성의 시선으로 전쟁을 다시 이야기하고 기록할 수 있어야 한다.

글쓰기 수업을 하면서 나이 든 분들을 만난다. 일흔 살, 여든 살된 그분들을 나는 '어르신'으로 부른다. 떠오르는 기억을 써보라고 하면 꼭 전쟁 얘기가 나온다. 네댓 살 때 전쟁통에 엄마를 잃고 울부짖던 이야기를 할 때, 이제 나 어떡하냐고 외치며 피난 행렬 속을 기를 쓰고 헤매고 다녔다고 할 때, 보도연맹 사건으로 끌려가 죽은 아버지의 빈자리 탓에 가족이 굶주려 죽게 됐을 때, 모두 발길을 끊었는데 친척이 건네준 쌀 한 말 덕에 살아남았다고 고백할 때, 어르신들은 울음을 터뜨린다. 떨리는 입술로 차마 글을 마저 읽지 못한다.

"만약, 그때 어머니가 나를 다시 찾으러 오지 않았다면, 눈에 띄라고 일부러 빨간 망토를 입히지 않았다면, 나는 전쟁통에서 죽었을 겁니다. 살아남았다 해도 고아가 되었거나 외국에 입양되었겠지요. 저는 어머니에게 언제나 감사하고 있습니다."

이런 사람도 있다. 글을 써본 적이 없다며 첫 수업을 들은 뒤 그만 듣겠다고 하신 분이다. 노트에 날마다 글을 빼곡히 쓰면서도 별것 아니라고 손으로 가리던 분이다. 맨 앞에 앉았는데 말씀을 거의 하지 않던 분이다. 마지막 수업 시간에 할머니는 남의 눈을 피해 선생님만 보라면서 노트를 몰래 보여줬다. 소리 내어 읽거나 발표하지는 않겠다고 했다. 그분이 쓴 글이다.

자서전 쓰기 수업에 참여해 내가 살아온 이야기를 쓰게 되었다. 그때 내가 몇 살이었는지는 잘 생각나지 않는다. 점심을 먹고 있는데 어디선가 꽹과리 소리가 들려와 밥을 빨리 먹고 밖으로 나갔다. 학교 쪽에서 들리는 것 같아 학교로 뛰어가는데 사람들이 길에서부터 학교까지 꽉 메어서 "만세, 만세, 만세"를 부르면서 학교로 가기에 나도 따라갔다.

학교 문 앞을 나오는데 사람들이 누군가를 마구 때리고 있다. 교장 선생님이었다. 동네 언니에게 "왜 교장 선생님을 때려?" 하고 물어보니 해방이 돼서 일본 놈들을 다 내쫓는 거라고 했다. 일본 교장 선생님을 어찌나 때렸는지 살갗이 옷에 묻어났다. 여기저기서 피는 흐르고 걷지도 못하는데 사람들이 이 동네 저 동네 끌고다니면서 돌을 던지기도 했다. 나는 조그마니까 사람들 속에 들어가 무엇이 그리 재미있는지 다리 아픈 줄도 모르고 저녁 늦게까지 쫓아

다녔던 기억이 난다. 여기저기서 "일본 놈 다 죽여라. 우리는 해방이다. 만세, 만세!" 목이 터져라 소리 지르던 기억들.

그리고 몇 년이 지나 6·25 전쟁이 났다. 내가 서울로 이사 온 지 두 달밖에 되지 않았다. 우리 집에서 이화여대가 가까웠다. 이화여대를 가려면 기찻길도 있고 굴도 있다. 얼마나 많은 사람들이 죽었는지 굴속에 시체가 쌓여 있었다. 죽은 사람들을 밟지 않고는 길을 건너갈 수가 없었다.

우리도 피난을 떠났다. 아버지는 이불 보따리를 지고 어머니는 애기를 업고 솥단지를 이고 나는 동생 손을 잡고 한강에 왔는데, 다리가 끊어져서 얼음 위로 건너야 했다. 잠도 길에서 자면서 몇 날 며칠을 걸어도 끝이 없고 길가에는 죽은 사람들이 널려 있고 논바닥에는 아이들 버리고 간 것이 얼마나 많은지……. 기차가 가다가 못 가고 서 있는데 지붕 위에까지 사람들이 새카맣게 매달려 있어 한 번 꽝하면 낙엽 떨어지듯 사람들이 죽어서 우수수 떨어졌다. 이렇게 앞뒤에서 많은 사람들이 죽는데도 우리는 살아 어느 산밑 자그마한 집 뜰안에 자리를 잡았다. 하루는 스물두 살이라는 그 집 막내아들이 밑에 동네 거동을 좀 보고 온다면서 내려가더니 폭격을 맞아 창자가 모두 밖으로 터져 나온 시체를 사람들이 데리고 왔다. 얼마나 무서운지 우리는 그저 떨기만 했다.

그 와중에도 미군들이 들이닥쳐 여자를 다 끌고갔다. 외양간 밖 수수깡 밭으로 끌고 가 강간을 했다. 우리 어머니도 끌고 가더니 애기를 얼마나 꼬집었는지 얼마 안 된 아기라 새파랗게 질려서 울었다. 그것을 보고는 그냥 놓았다. 이제는 이곳도 안전지대가 아니라면서 우리들보고 어디로 가라고 했다. 우리 어머니는 주인집에서 늙은 호박을 하나 사서 쪼개 가지고 머리에다 붙이고 얼굴만 내놓고 칭칭 감고 아기를 업고 나만 데리고 어떤 동네로 갔다. 안전지대란다 그곳은. 하루를 잤는데 이곳에도 미국 놈들이 들이닥쳤다. 우리 엄마도 끌고 가려고 잡아당겼다. 애기랑 나도 엄마를 잡고 막 울었다. 엄마는 상거지 꼴을 하고 있는데도 여자면 다 끌고 갔다. 외양간에 한 놈 들어갔다 오면 또 한 놈 들어가고 또 나오면 다른 놈이 들어가고 이렇게 한 여자를 두고 몇 놈씩 강간했다. 어느 집인지 모르겠지만 아현동에서 두 딸이 다 끌려 나가서 당하고, 딸 하나가 죽었다. 외양간에서. 어디다 하소연 한 번 못 하고 그 집 식구들은 다음 날 그곳을 떠났다. 이북 군인들은 우리 민간인에게는 해코지 안 했다. 미국 놈들은 우리를 얼마나 죽이고 해코지했는지 말로는 다 못 할 악랄한 놈들이었다.

6·25 전쟁은 무서운 전쟁이었다. 아니 미국 놈들이 더 무서웠다. 나는 지금도 미국 놈들이 한 짓이 눈에 선하고 생생하다. 말도 못하게 많은 사람들이 죽었다. 우리는 전쟁을 두 번 겪고 보릿고개라는 가난을 겪은지라 전쟁의 후유증이 지금도 생생하게 남았지만, 지금 젊은 세대들은 전쟁을 몸소 겪어 보지 못한지라 그들이 얼마나 나쁜 놈들인지 모른다. 다시는 이런 전쟁이 없어야 할 것이다.

젊은이들이여. 우리 세대는 이렇게 두 번의 전쟁으로 굶주리며 살았어요. 생각을 좀 바꾸고 정신 차리고 살아주었으면 좋겠어요. 미군, 6·25 때 당하고도 미국의 앞잡이로 살고 있는 것이 사실이죠 (심순섭 글. 월간 《작은책》 2014년 4월호에 〈무서운 미국놈들〉로 실렸다).

그 여자의 눈동자,
그 여자의 카트

낸시 M. 헨리

《육체의 언어학》

일월서각

1990

〈카트〉(부지영 감독, 2014)는 2007년에 벌어진 홈에버 비정규직 노동자 대량 해고와 파업을 소재로 한 영화다. 비정규직 노동자가 전체 임금 노동자의 절반 정도고 여성 비정규직 노동자는 더 빠르게 늘어나는 현실에서 이 영화가 내는 목소리는 의미 있다.

나이 든 여성 청소 노동자가 부당 해고를 당한 사실을 알고는 굽힌 몸을 일으켜 관리자를 정면으로 쳐다보는 장면이 가장 인상 깊었다. 일하면서 늘 허리를 굽히고 지시에 복종하느라 억울한 일을 당해도 눈을 내리깔아야 하던 한 여성이 천천히 일어난다. 그리고 상대를 똑바로 쳐다보는데, 그 눈에 담긴 허망함과 받아들일 수 없다는 의지에 울컥했다.

영화는 권력을 사이에 두고 지배와 복종이 어떤 몸짓과 목소리와 눈빛으로 관철되는지, 또한 생존권을 지키려는 여성 노동자들이 단결해 싸울 때 무엇보다 그 몸짓과 목소리와 시선이 어떻게 바뀌는지 생생히 그려낸다. 낮게 웅얼거리던 대답이 단호하고 큰 목소리로 바뀐다. 움츠러들고 긴장하던 몸이 반듯이 곧추세워지며 삿대질하고 앞으로 나아간다. 시선을 피하지 않고 상대의 눈을 정면으로 바라본다. 그런 장면 장면이 뭉클하게 느껴지는 건 숨은 진심을 보여주기 때문이었다. 침묵을 강요받을 때 하고 싶던 말, 말이 끊길 때 잇고 싶던 말, 외면받을 때 외치고 싶던 요구, 자기 생존이 무가치하지 않다고 속으로 고함치던 진심. 억압받은 진심을 드러내면서 그 여성들은 비로소 자기 몸하고 하나가 된다. <u>스스로 자기를 속이지 않아도 되게 된다.</u> 그때야 옆에 선 동료를 얼싸안고 웃을 수 있으며, 거리낌없는 다른 목소리로 자기 이야기를 풀어놓을 수 있게 된다.

〈카트〉를 보면서 낸시 헨리가 쓴 《육체의 언어학》이 생각났다. 권력이 몸을 거쳐 우리를 어떻게 억압하는지, 생존을 억누르는 권력에 어떻게 맞서야 할지 성찰한 드문 책이기 때문이다. 여성들의 각성과 행동의 변화를 촉구하려고 쓰인 책이라서 말이 명료하고 목표가 뚜렷하다. "우리의 생활과 인간관계를 결정짓는 정치적·경제적 구조 앞에 그것을 지탱시키고 있는 미시정치적 구조가 있다. 이 미시정치적 구조는 바로 우리의 일상생활의 내용이다. 지위가 낮은 자의 굴욕감은 이야기하는 도중에 무시당하거나 방해를 받을 때 또는 다른 사람이 나타나 자리를 피하도록 강요하거나, 자기도 모르게 겁이 나서 눈이나 머리, 어깨를 떨굴 때 가장 뼈저리고 고통스럽게 느껴진다."

그동안 충분히 다루지 않은 주제인 몸의 정치학을 연구하면서 헨리는 계층, 인종, 성별, 연령에 따라 지배와 억압이 구체적 행위로 관철되는 방식을 밝혀냈다. 무언의 통제 작용을 설명하고 무언의 권력 관계를 구성하는 핵심을 간파한다. 인사말, 태도, 자세, 개인 공간, 시간, 신체 접촉, 시선 접촉, 표정, 감정 표현, 자기 노출이라는 영역에서 권력이 드러나고 유지되며 상호 작용하는 방식을 분석한다. 그러면서 희생된 자들을 비난하는 문화가 얼마나 부당한지 드러낸다. 이런 지식을 알리는 이유는 억압된 자들이 무의식적으로 일상에서 느끼는 모멸감과 위축을 의식화하고 그 행동을 자기 것으로 바꾸어내기를 바라기 때문이다. 또한 무엇보다 실재하는 정치적이고 경제적인 힘, 부당한 권력에 맞서 사람들이 구조를 바꾸어낼 수 있기를 바라기 때문이다.

노동조합 활동을 하는 마트 노동자들을 그린 만화 《송곳》(최규석, 2015)도 고용주와 관리자의 행패 앞에서 고개를 숙이고 눈을 마주치지 못하던 노동자들이 승리를 경험하면서 그전하고 다른 몸짓과 태도를 보이는 모습을 주인공 이수인 과장의 시선으로 자세히 묘사한다. "이겼다. 아무것도 변한 것이 없지만 모든 것이 변했다. 줄 밖으로 고개를 내밀어 자기 앞에 몇 명이나 있는지를 헤아리던 겁먹은 눈들이 옆이 아닌 앞을 보기 시작했다."

비정규직 노동자들은 투쟁할 때 일상에서 인격을 무시당한 고통을 많이 이야기한다. 권력이 작동하는 비인간적 삶의 풍토를 보여주는 사례다. 《육체의 언어학》에 따르면 지배자와 피지배자의 제스처는 비슷한 각본으로 작동하는데, 부자가 가난한 자를 대할 때, 백인이 흑인을 대할 때, 남성이 여성을 대할 때, 나이 많은 사람이 아이를 대할 때 취하는 태도다. 여성은 아이 같은 존재로 문화적으로 각본화되며, 공격성을 드러내지 말고 자기를 주장하지 않으면서 순응하는 존재로 사회화된다. 이런 특징은 개인적 차원이 아니라 권력의 이익에 맞게 체계적으로 만들어진다.

노동조합을 만든 뒤 영화 속 조합원들은 빈 사무실에 하염없이 앉아 오지 않는 고용주를 기다린다. 결국 사장을 만나지 못한다. 권력은 이렇게 작동한다. 사적인 질문을 거리낌없이 하는 자와 되묻지 못하고 공손하게 대답하며 감사해야 하는 자, 느긋하게 긴장을 풀고 자기 공간을 점유하는 자와 긴장하고 대기하면서 공간을 빼앗기는 자, 바쁘다는 말을 연발하며 인색하게 틈을 내어주는 자와 시간이 많아 언제나 기다리고 상대가 만나주기를 갈구하는 자, 스스럼없이 만지고 침입하는 자와 상대를 만지지 못하고 불편함을 바로 표현하지 못하는 자, 뚫어지게 바라보고 관찰하는 자와 시선을 피하고 의식하며 불편해하는 자, 웃지 않고 명령하는 자와 연신 웃으며 수긍하는 자, 감정을 드러내지 않는 자와 자기 이야기를 하면서 울고 간청하는 자. 권력은 인간의 몸과 몸 사이를 그렇게 작동하게 하며 자기를 확립하고 유지하고 재생산한다.

권력의 역사는 '억압의 희생자들이 그들의 권리를 찾으려고 일어서고, 권력은 계속해서 무너지고 전복돼왔다'는 사실을 보여준다. 여성들은 몸의 권력이라는 장벽 속에서 결속의 몸짓을 배우지 못했다. 억압이 가져온 결과다. 그러나 〈카트〉의 마지막 장면에서 여성 노동자들은 봉쇄된 마트, 들어갈 수 없는 자기 일터 앞에서 카트를 온몸으로 함께 밀고 돌진한다. 접근을 금지하는 물대포와 권력의 위협 속에서 여성들은 카트를 낚아채어 밀고 나아가는데, 줄줄이 같은 모양으로 세워져 있던 무력한 카트는 이제 전진하는 몸의 일부로 느껴진다. 허리 굽혀 보이지 않던 눈을 마주친 순간처럼, 감정을 담은 그 눈을 마주한 순간처럼, 숨죽이고 있던 함성이 들린다.